乡村书系列二 / 新疆美术摄影出版社 / 新疆电子音像出版社

西极

李凌 著

图书在版编目(ＣＩＰ)数据

西极 / 李凌著. -- 乌鲁木齐 : 新疆美术摄影出版
社 : 新疆电子音像出版社, 2012.4

ISBN 978-7-5469-2075-7

Ⅰ. ①西… Ⅱ. ①李… Ⅲ. ①散文集-中国-当代
Ⅳ. ①I267

中国版本图书馆 CIP 数据核字(2012)第 063672 号

责任编辑　丁娜娜
封面设计　王　芬
插　图　轩　辕

西　极

著　者　李凌
出　版　新疆美术摄影出版社
　　　　新疆电子音像出版社
地　址　乌鲁木齐市经济技术开发区科技园路 7 号
邮　编　830011
制　作　乌鲁木齐标杆集刊设计有限公司
发　行　新华书店
印　刷　北京德富泰印务有限公司
开　本　787mm×1 092mm　1/16
印　张　11
字　数　180 千字
版　次　2012 年 5 月第 1 版
印　次　2012 年 5 月第 1 次印刷
书　号　ISBN 978-7-5469-2075-7
定　价　24.00 元

本社出版物均在淘宝网店：新疆旅游书店 http://xjdzyx.taobao.com 有
售,欢迎广大读者通过网上书店购买。

行走在朝圣的路上

——序李凌散文诗集《西极》

文 / 亚楠

李凌要出版第二本书了，并且是一部散文诗集，作为同仁自然非常高兴。近几年来，中国散文诗发展势头迅猛，不少新诗作者纷纷加盟，给散文诗创作带来了一种全新的气象。而作为散文诗重镇的新疆，这些年也有不俗表现。老一代诗人如章德益、郭从远等人时有佳作问世，一些中坚力量在全国散文诗界势头正健，而年轻人中更是涌现了不少新秀，他们的散文诗创作已经在全国有了一席之地。很显然，李凌即是这些颇有创作潜力的新锐之一。

对于李凌的散文诗，应该说我还是比较熟悉的。他最初的散文诗我都认真读过，那时的作品虽然显得有些青涩，但文字中所显示的独到感觉和才华是显而易见的。他扎根在伊犁河谷丰润的土地上，对这里的人文自然含英咀华，又以独自的见解，对这片土地上的文化、历史给予了深情的抚摸和持久的关注。尽管李凌写了不少散文，也写过一些诗，产生过不少好作品，在伊犁具有一定影响。但我还是认为，对李凌来说，最有发展前途的应该是散文诗。这是因为，经过长时间的磨砺，他的散文诗写作已经达到了一定的水准，且独到的语言和视觉，以及对事物细致的观察与体验，使他的创作具备了跨越式发展的潜质。

更为重要的是，对于散文诗李凌有着一颗朝圣者的心。不管世事如何变迁，也不管各类创作潮起潮落，他始终沿着自己认定的道路前行。《西极》共分六辑，绝大多数篇章都与伊犁这片土地相关。从这些文字中我们不难看出，李凌总是怀着一颗虔诚而感恩的心对自己赖以生存的土地迷恋和敬仰。在"词的伊犁"一辑中，这片疆土上的历史、人文、自然等都在他的散文诗中得到了最为集中的艺术呈现。山川，河流，草原，森林，大漠、雪峰，显得如此明亮而清晰。若不是一颗阳光、纯净的心，怎么会有如此澄澈的抒写与表达呢？因此，我对李凌这类文字格外看重，也最为欣赏。"心灵家园"是作者面对生存际遇而作的人生思考；"生命的散歌"通过对伊犁民歌及历史人物的抒写，探寻人类命运的幽远和迷茫；"边走边想"属于行走文学范畴，很显然，就思想性和艺术水准而言，这一辑文字还略显单薄。"在地处飞翔"、"生活的变奏"两辑主要写底层生活中的人和事，作者观察细腻，情感朴素、率真，且写作手法也有所改变。与李凌的其他散文诗相比，这两辑作品也颇能引起读者的关注。

文学创作的道路漫长而艰辛。只有那些内心虔诚、意志坚定的人才有可能抵达艺术高地。我觉得，李凌就是这样一个不断追寻、且始终怀着文学春梦的人。这使我们有理由相信，他的散文诗探求也是极其有意义的。

2011 年 4 月 23 日于边城伊宁市

目 录

第一辑:词的伊犁

果子沟

暮秋。秋叶满山,艳色杂陈,树影斑驳陆离。

峡谷天蓝如洗。白云悠悠。

第一场雪下在山巅,催促雁阵振翅远行。

羊群星星点点。

云杉苍翠,风卷涛音排空而来。

潮湿的空气。轻雾缥缈缭绕。

山脚下,一河雪水弹奏着季节的琴音。

一匹马,一峰骆驼,徘徊河畔。

一顶毡房,一缕炊烟。

一嗓子吼出一支牧歌,为迷路的灵魂推开一扇皈依的门。

此刻,电光闪过,滚滚蛰音喷薄一道透明的音符。

我看见,峡谷上空一桥飞架,腾空的彩虹熠熠闪光……

赛里木湖

天空蔚蓝,正午的阳光在湖面摇曳着光芒。

开满野花的湖畔粉蝶起舞,游蜂觅香。

冥冥中,乐音从大地深处缓缓升起。

一只粉蝶飞过面颊,淡淡的花香沁人心脾。

一帘面纱轻卷一帘幽梦。

行走在开满野花的湖岸,我看见最美的那尾小鱼,双目穿透湖水。

是在回味一段凄美的爱情故事,还是在想念故乡?

此时此刻,时光静止。

悠远和宁馨是灵魂的清新剂。

游艇在湖面缓缓滑行。

水花溅满面颊,微咸滑润的感觉滑过心田。

阳光下,思想滑入时光隧道。

一个游子的心事谁人知晓?

年复一年,一个一个梦想相继被命运拦截、忽略,就像眼前不断变换的波纹。

那只失群的孤雁飞起又落下。

一滴泪水,带着生命的叹息。

凋零的灵魂滑进湖水,肉体被人带走。

一声。又一声。不堪回首。

一声。又一声。

波动的湖水盘卷起青丝。

孤单。孤单。

此刻,风声如雷贯耳。

低沉的音符升起,回头是岸!

隆隆雷声碾碎了宁静。

山雨欲来。山色黯淡。

青草的味道浓郁芬芳。

一声绵长的牛哞处变不惊。矫健的身影穿透阴霾。

天空飘下几粒雨滴,就像一场预演的谎言。

一阵风抚平了大地的躁动。

平静。波澜不惊。

一对情侣。一对自行车。

自行车躺在岸边,紧紧相依。

情侣手牵手,两对脚伸进水中。

掬一捧湖水,清冽微咸,就像恋爱的某个时刻。

湖水洗涤心灵。

浪花掀动蓝色的梦。

两对目光对接的瞬间,一缕火的光焰点燃了晚霞。

太阳缓缓沉入天边的雪线。

一只孤雁盘旋着,鸣叫声低婉忧郁。

是感叹命运的多舛,还是为逝去的伴侣哀鸣,亦或是诉说一段忧伤的往事?

而那匹马遥望远方,目光温柔而安详,嘴里反刍的旧事,谜一般在内心涌动潮水。

一些故事正在发生,一些故事远去了,一些故事留下来。

几点灯火环湖而绕。

毡房的歌声飘荡而起,冬不拉的琴音点亮了一颗流浪的灵魂。

蓝蓝的赛里木,在梦呓的童话中沉沉睡去。

晨曦初露。

晶莹的露珠俯吻草尖,河风漫起阵阵寒意。

两只小雁嬉戏着童年的欢乐,一段凄美的故事在母亲的羽翼下延续。

清亮的鸟鸣一缕一缕,拉长了晨初的炊烟。

羊群散漫地游弋在草原上,悠扬的牧歌缓缓攀升着一个生命的高度。

朝霞映红了湖面。最美的日子年轻着,期翼正在起飞。

哦,赛里木湖。

塔勒奇河

淙淙的流水,骏马的蹄音。
粼粼波光点亮一路风景。带着风的脚步,带着草原的牧歌,带着
阿吾勒的琴声,带着千年的梦想!
秋阳温暖了岁月。秋水明净了记忆。
漫步黄昏,所有的记忆和信仰都被重新唤醒。

沿河上行至二台,一帘瀑布飞泻,水雾飞溅,云蒸霞蔚。
陡峭而坚硬的石壁,柔弱而直立的水。
一场千年的洗浴,洗净尘世的浮华,洗净心灵的尘俗。
卸下疲惫,亲近流水,曼妙的语言汇成一泓清澈的深潭。
哦,一帘瀑布,一帘幽梦!
我该用怎样的瓷盘来迎接这倾泻而下的大珠小玉?

毡房、木屋,傍河而居。
牧人饮马河畔,群鸟轻掠水面,奶茶的清香,奶酪金黄油亮……
哦,塔勒奇河,养一方水土的生命之河!

勒麻里

放眼长空,西风从身边劲吹而过。

在克干山下,"黑鲁帖木儿汗"麻扎静默无声,任凭风霜雨雪,骄阳炙烤。

"这里曾经的古城,它就是阿里麻里城。"

时间无痕,城的痕迹了无。

那曾经的辉煌,那曾经的喧嚣呢?

西风猎猎,卷起尘土。

思绪盘根错节,慌乱如麻。

冥冥之中,我看见爬山涉水的驼队,无意打扰了一座沙山的宁静,多少次,寒鸦振翅而飞,结局却被人篡改。

我看见战乱和纷争的风云从天边滚滚而来,旌旗摇曳,呐喊声响彻云天。

战车辚辚,碾过亡魂,我看见历史册页里走来察合台,站在这片古城上,闲庭信步,修身养性。

此时的阿里麻里古城,野花遍地,迎风怒放。

这样一片沃土呵,在你经历沧桑岁月的脸上滋生了美丽,也滋生了内乱,滋生了富裕,也滋生了贪婪,滋生了和平,也滋生了战争。

沉重而曲折的历史呵,分合无定却又大江东流。

兴起。繁荣。衰落。毁灭。

青山依旧,夕阳几度。

哦,阿里麻里!

惠远古城

在伊犁河北岸,两堵城墙在阳光下站成两道傲然的风景。

这就是惠远古城遗址吗?

此时此刻,一只苍鹰盘旋低徊,天空的蓝飞过了天山以远的远山。

风从西边缓缓而来,绿洲深处的气息填满秘密的故土。

城墙内,火烧的麦茬,以另一种姿势,在季节的风中散发着久远的馨香,

城墙外,刚刚怀孕的玉米风姿绰约。

那些山一样的沉重隐藏在大地深处,那些金戈铁马去的故事一去不返。

静谧。阳光洒遍每一寸土地。

远处的伊犁河,银光闪闪。

河水不舍昼夜。

沉淀淤积的历史记录着那段光辉而苦难的岁月。

一些灵魂的叫嚣破空而来。抵抗侵略的喊杀声此起彼伏。

乾隆 1763 年,伊犁河北岸筑惠远城。

清朝同治 1871 年,沙俄的铁蹄蹂躏了这里的每一粒沙尘,她以无奈洗面,哭泣声蔓延了几个世纪,为遇难的同胞,为神圣的土地。

此刻,废墟失色。

东墙、北墙,站成了守望者不屈的雕塑。

一对鸟从城墙的缝隙飞出,鸣叫在空中划出一道弧线,渐行渐远。

墙根的一丛红柳,点燃一簇火焰,温暖着这里的每一个灵魂。

一泓清泉潺潺,伸入永恒的大地。

一阵清风摇动墙的风铃。

呢喃告别心碎,我看见,生命在岁月中漫游。

此时,天空深邃而高远。

阿拉木图亚

阿拉木图亚,阳光温柔,和风拂面。
一只鸟,七种不同的鸣唱点亮心灵。
林荫两旁草色青青,柳枝轻摇。
草尖上栖息着露珠,晶莹剔透。
彩蝶展开翅膀,翩翩起舞。
在这片滋生爱情的土地上,我看见最美的一对还在花蕊上拥翅呢喃。

阿拉木图亚,碧水春潮,波光粼粼。
湖水清澈见底,鱼儿自由游弋。
而岸上的钓者,他把一尾上钩的鱼儿摔在沙地上。鱼儿在沙地上
挣扎着挺直身板。
河面逐渐散开的涟漪,多么像一个一个隐去的陷阱……敞开着的
是一些铅色的欲望。
而阳光下野花摇曳,慰籍着每一颗受到伤害的心灵。

傍岩而建的一排红房子,既有现代建筑的豪华,又有陕北窑洞的
古朴。
小米粥,南瓜汤,使人走进了那战火纷飞的年代。
在这里忆苦思甜,用灯红酒绿的余光触摸纯朴的幸福。

湖岸上,镁光灯闪烁。销魂的欢乐和迷人的优美,一起颤抖。
在那碧蓝幽深的湖中,孩子们轻划游艇,欢声笑语和波纹重叠。
柳荫下,几只羊,悠闲地注视着这里的一切,目光淡定从容。
在阿拉木图亚,用洁净冲洗世人卜居的岸沿,就这样欢乐着——或郁郁
而去。

白石峰·沙颜哈达

白石峰,沙颜哈达。
洁白如玉,白石嶙峋。
山峰之奇,四临陡壁。
雾霭缭绕,云影朵朵。
一朵云一阵雨,来得快,走得急。
当彩虹升起来时,水珠晶亮着一个个甜蜜的梦。
白石峰熠熠生辉,幽深静寂。
站在山巅纵目,每一次亲近,都一往深情。每一次深情,都拨动着
心灵的琴弦。
山岭相接。峰峦叠嶂。
一只鹰在那高远的天空,目光深邃坚定。
家园丰满了它搏击长空的翅羽,苍茫托起了飞越九天的梦想。
云杉茫茫,松涛阵阵。
草原野花正艳,芳香中,毡房星星点点,蜂蝶起舞,羊群自由游弋。
山间瀑飞泉涌,净水飞溅。
一览大野,天籁的意象伴我走进梦的天堂……

白石峰,沙颜哈达。
在天山深处,与乌孙山相连,与一个"西迁"的民族相连。
走近白石峰,尘封的记忆苏醒。
240多年前,3000多锡伯兵丁告别故乡,千里迢迢,马车辚辚。风
餐露宿,顶风冒雪,扎根于伊犁河畔。
屯垦戍边,一手拿锄,一手拿枪,只为祖国和谐安宁。
开荒种田,修建大渠,引水治漶,只为家园祥和壮美。
站在白石峰,仔细聆听:喜利妈妈,图伯特安班,靖远寺,萨满,牛录。
历史走进现实,苦难迈进神圣。
每一个锡伯人,都是一册打开的史书。每一个音符,都凝聚着西迁的壮举。
仔细品味:欢乐的锡伯婚礼,芳香的花花菜,代表着天与地的大饼。
此刻,白石峰馨香的灵魂,那是大地的神父。

弓月城

正是桃李争芳的季节。

恍惚间,那些远古的人物正在树下赏花踏青,隐藏了战争,隐藏了
弓弩。

一条大道穿城而过,村镇、果园一分为二。

弓月城,孕育古道丝路的重镇。

这里曾经市井兴旺,商贾云集。

这里曾经旌旗猎猎,铁骑扬尘。

这里曾经尸陈遍野,流血成河。

这里曾经军阀猖獗,国宝流失……

一枚陶片,一泓幻影。

捡拾一段历史,一段旧梦。

由盛到衰,由衰到废。

弓月城那遍地的盐粒,闪闪发光。

天空布满纯净的明媚和阳光的温暖,

沉寂在杏花的芬芳中迎接另一个正午的到来。

皇渠

一条奔流的渠水,在伊宁、霍城流成了久远的辉煌,流成了史诗般的雄壮。

点点波光,有天山风雪的傲骨,有伊犁马的矫健。

站在皇渠的堤岸,我看见首任伊犁将军明瑞、松筠向我走来了,阿奇木伯克向我走来了。他们的身影奔走在渠水之上,荣光闪耀。

我看见林则徐站在皇渠的遗址上,白发飘飘却风骨不朽,命运多舛却意志坚定。

一群肩扛坎土曼的农人走在堤岸上,在他们走过的地方春波荡漾,春花劲放。

此时,绵延的渠道闪过开拓者的目光,水声卷起的歌谣,在富饶与荒凉,晨光与黄昏中收获着澎湃的浪潮。

格登碑

去格登山的路上,阳光明媚,清风习习。

道路两旁的山花野草闪烁着星星的光芒。

铁丝网。界河。远处的另一国度近在咫尺。

格登碑,一位无言的证人,历经风霜岿然屹立。

格登碑,浓缩的古战场。

站在碑前,我静静地凝视,心儿触摸到一段英雄的史诗。

风起云涌,旌旗猎猎。

1755 年,平定准噶尔叛乱的清军挺进伊犁。

我看见两路大军会师博尔塔拉,敌军望风而逃。

我看见 22 位勇士夜袭敌营,敌军弃甲而降。

我看见捷报飞遍神州,举国欢欣鼓舞。

我看见喜讯传到北京,皇帝龙颜大悦挥如椽大笔写下这不朽铭文。

俱往矣!

如今,格登碑仍在守望着一方热土。

草原石人

石人还活着，在伊犁辽阔的草原上。

深邃的目光穿透时空，淡淡的忧郁在那青色的山坡上摇曳。

草原一碧千里，花香袭人。

三五只白色的绵羊，走在石人间，反刍的嘴里向我们讲述着草原的心事。

我与草原石人的目光对接的瞬间，心有灵犀。

我挥挥手，一双目光温暖如春，继而传来微微的叹息！

春风错过了季节！太阳之翼掠过绿草和幽深的林莽……

脚下的昆虫低吟浅唱，蝴蝶的舞蹈心醉魂迷。

眺望远处的松涛，思绪满怀，满怀思绪。

痛苦与美丽，苦难与永生。汹涌的林涛湮灭一切。

听一管牧笛的悠扬，唱一首古老的歌谣……

特克斯·八卦城

特克斯，八卦城。

充满神秘，色彩迷人。

特克斯，八卦城。

天、地、雷、风、水、火、山、泽。

极目远眺，绵延的山峰就像一条青龙横跨东、北、西，雄卧大地，龙首在东，龙尾在西，回顾有情，龙脉在北。

磊落低吟，绕山缠转，势随行动，欲进复止。

一条河流名叫特克斯河，波涛奔腾，气脉内蓄，迢递迂回。

八条街，伸向八个方向。

八条街，易经八卦。

八条街，一个古老的传说。

八条街，一座城。

特克斯，八卦城。

一首灵动的诗，一幅立体的画。

库尔德宁

那一刻,库尔德宁犹如一碗马奶酒。

成熟的草香,沁人心脾。

静谧。幽深。

飒飒的秋风中,纯净的气息澎湃着生命的激情。

一条小河,水声激越,响彻山谷。

一群鸟,鸟鸣山涧,谱就天籁的乐章。

云杉高耸入云。一只松鼠穿行枝间。

松针随风飘零。色彩斑斓的山花摇曳着幸福的幽香。

远处的天边雾霭缭绕。

沿着木制台阶向上,一步一景,如梦如诗。

星星点点的小木屋,红的屋顶,白的壁墙。

一只鹰滑翔天空,目光冷峻犀利。

溪水飞溅如玉,水映山色。

在草原深处,所有的生灵都在贪婪地朵颐着美色。

一座小木屋,地毯散发着迁徙的气息。

一个馕坑,散发着诱人的麦香。

一位阿妈枕着阳光酣睡。岁月在她的脸上刻下年轮的褶皱。

夕阳染红天边,冬不拉的琴声从天边传来,悠扬,多情。

我看见,木屋身边那些历经风霜雨雪的老树,在草地上投下斜影,

和老妇人一起,点亮了这个黄昏最后的辉煌。

喀班巴依峰庄严,肃穆。

历史风起云涌,大浪淘尽,只留下一尊山峰,任人遐想。

红叶。绿树。雪峰。

蒙古包星星点点。

羊、马、牛,这是大野的常青藤。

山有情,水有魂。

在库尔德宁,诗的意境,色泽透明。

核桃沟

十六公里,沿林中小径蜿蜒而上,那是一条朝圣的路。

秋的核桃沟,幽深、秀美。

横枝相交,黄叶满坡。

蔓草铺地,野花摇曳。

溪流潺潺,映石成趣。

彩蝶戏花,蜻蜓弄水。

清风徐来,清心爽目。

一株巨大的核桃树端坐山坡逾400年。

虬枝苍劲,古风俨俨。

金色的树冠蔽日遮天。

抚摸它,贴近它,岁月的沧桑酿成醇酒,甜蜜和香醇在脚下的土地蔓延。

冥冥之中的六个核桃,那是留给我的六个心愿,送给我的六个缘分。

比梦还深的声音来自大地深处,就像一滴甘露缓缓滴进灵魂。

在干旱的荒漠丘陵,核桃沟是天山深处的世外桃源,一个安放梦的天堂。

那拉提

汽车在绿浪翠涛上轻轻碾过，两抹浅浅的痕扯起两条飘带。

风吹过，辽远，苍茫。

草浪汹涌澎湃，溅我一身翠绿。

草香如"烈酒"。

眼前的风景席卷而来，铺成了一曲敕勒歌优美意境，铺成了汉唐边塞诗人一行行壮美凄怆的诗句……

山包、山洼、山坡，丰茂的青草，随风摇荡。

红的、黄的、白的、紫色的小花繁星点点，眨着多情的眼睛。

草香、花香。深深地吸进一口，象牛一样，草原在我的肚子里反刍。

春季的草原充满浪漫，充满诗意，也充满古典。

天上漂浮的白色云朵，像草丛中时隐时现的羊群在随意游走。

天空、草原，一样的蓝，蓝得纯真，蓝得寂寞，更蓝得使人留连忘返。

草梢上细风蹀躞，蝶飞蜓舞。

一串牧歌轻轻滑落，音符珠圆玉润，顷刻间又被静寂湮没。

那天边的雪线之上，几点移动的黑，那是一群鸟，越来越近。

茫茫草原，群飞群栖，这些草原的精灵，放牧着天空的羊群，放牧着大地的歌谣。

黄昏降临了，草原深邃博大。

一缕淡蓝色的炊烟扶摇而起，淡淡的草香弥漫开来，是在召唤着暮归的羊儿、牛儿么？

一朵红云从远处飘来，隐隐有声。骑着红色摩托车的哈萨克姑娘在翻滚的绿浪上，牵出"王骆宾的歌"。

此时此刻，草原袒露着生命，袒露着情感，袒露着纯真。袒露着凉州词、袒露着屈子赋、袒露着爱情诗。

夕阳染红天边。金色光芒射进胸膛。

哦，那拉提，诗意的草原！

阔尔克

此刻,阔尔克用雨的絮语为我们接风洗尘。
雾霭缭绕。静谧悠远。细雨如丝。
山风清凉。山色凝重。

歌声起于酒酣耳热之时。
最真的情,最纯的酒。
阔尔克今夜无眠。
一曲歌儿一杯酒,情意心中留。
酒里有草原的俊美,酒里有天山的苍莽。
酒里有草原的热情,酒里有牛羊绕山走。
酒里有悠扬的琴声,酒里有毡房的炊烟。
此刻,喀什河的涛声弹奏着生命的琴弦。
热情和激情交融,心儿和诗歌碰撞。
哦,阔尔克! 一个美丽的地方!
(注:阔尔克系哈萨克语,意为美丽)

唐布拉

唐布拉展开百里画廊。
流云随风行走,青山相依相随。
繁花如织,苍松滴翠。
一条河流从雪山中走来,一路浪花拨动悠长的曲调。
唐布拉沿着这根画轴,翻开了美丽的画卷。

鸟儿群起群落,清脆的鸟鸣卷起千层绿波荡漾。
一只鹰驮着心事泊在树梢,敛翅而眠。
一群羊走在草地上,静静地啃食着青草。
一头牛静立无语,嘴里反刍着草原的故事。
牧童甩响牧鞭,一首歌谣穿越心房。
白色的毡房。袅袅的炊烟。
此刻,整个草原凝聚成一粒露珠,晶莹闪光。
此刻,最美的语言萦绕草原。
此刻,所有的性灵支起耳轮,静静聆听着幸福的琴音。
哦,唐布拉,幸福的唐布拉!

寨口

梦里的寨口是一副绵长纯朴的画卷。
那一方天地花香扑鼻，蜂飞蝶舞。
羊儿自由游弋。牛儿目光安详。
天空碧蓝如洗。群鸟展翅翱翔。

寨口有一个村庄，是峡谷唯一的村庄。村庄镌刻着一段厚重的历史。
1956年，一群英勇善战的钢铁战士，他们就地转业。从此在这里铸
剑为犁，餐风噬雪，用坎土曼在这片土地上书写屯垦戍边的史诗。
腔腔热血。峥嵘岁月。
如今那靠在墙角打盹的老人，倾听着昔日的辉煌。
几头牛儿安卧在草地上，目光深邃悠远。

循着一群蜜蜂飞翔的方向，几百只蜂箱摆满山坡。
花粉化成甘蜜，晶莹剔透而芳香绵绵。
采割蜂蜜的少妇直起腰身，脸上溢满甜蜜。
她的眼睛，有一种温顺，见过一面，永生难忘。

一条延伸的道路像一根苍劲的青藤，生命的意志坚忍不拔。
军垦人的命运和藤连在一起，神圣的使命长成了高过大山的海拔。
路边随意停放的自行车，不用上锁，车子的主人不知去向。
阳光温暖了一幅油画。
树叶的歌唱古朴而静谧。

蓝天下，一只鹰泊在空中，那朵白云掩盖了杀戮的凶光。
草丛中那只支起双耳的灰兔目不转睛。
灰兔应对厄运从容不迫，紧盯地面的一抹影子。
蓝天下的阴谋土崩瓦解。
夜幕降临，牧歌晚归。

炊烟袅袅,沉静覆盖夜色。

温柔清丽的月光下,隐秘的故事飞出巢隙,在夜的枝头呢喃。

一只夜鸟穿过手心,记忆从指间滑落。

几点星光挂在树梢,黯淡如风干的果子。

悠扬的琴声和夜鸟的鸣唱萦绕草原。

寨口的清晨霞光明丽。清澈的泉水在阳光下闪烁着晶亮的光芒。

掬一捧泉水入口,心境澄明。

哦,寨口!

琼博拉

在白石峰的云杉林，放下一切。
静听风的絮语。本真回归心田。

此时此刻，秋意绵绵。
静看天空落入林中的蓝。静看阳光缓慢燃烧树的影子。静看一只蟋蟀在草间飞起又落下，继而鼓动歌喉，弹奏出美妙的音符。静看那只蜻蜓敛住美丽的翅膀，在一片草叶上反复咀嚼夏日的悠长。
一头走散的牛儿，脚步轻轻。凝目对视中，目光如慈母。
呵！牛儿。眼神犹如一泓清泉，不以走散而失落，不以自由而欣喜，不以闯入一个走散的人的内心而尴尬。
呵，牛儿，庄周梦里的逍遥之牛！
时光静止的时刻，人生的遭际已经无足轻重。
我的精神不再饥饿，风是我肠胃的佐料，空气是精美的饮品，宁静的风景被我尽情消化。

人去了。人散了。
此时此刻，云杉影影绰绰，清风徐徐而过。
在这里，我听到了自己的呼吸。
在这里，我听到了心脏纯净的旋律。
在这里，没有恐惧，不悲哀，不高兴，不失落。
在这里，世俗的声音消隐。
在这里，心灵随遇而安。
在这里，忧他之忧而忧，乐己之乐而乐。
身处草野，忧是一种和谐，乐是一种境界。

水流潺潺。清凉的河风漫漶而来。
坐在小河畔，心里一片温暖。

一对彩蝶轻点水面。

呵，成双比肩的浪漫，不知能否准时抵达秋后的那场花事？

多少年了，那株被流水洗涤的大树，身上长满野草，流水穿越的半个树身，瘦骨嶙峋。

在他的身上，两只蜜蜂醉而无眠，空灵的语言穿透了灵魂。

午后。阳光。

风声演绎天籁。

这样的日子里，我只想掬一捧雪水吞进天山精气。

我不想虚度时光，我愿把这宁静作为我短暂的修行。

哪怕一场雨正在天边酝酿，恐惧的雷声就要滚过天空，

哪怕可恶的山鹰在头顶虎视眈眈，

哪怕那只野兔就要撞向一颗大树。

我只想把目光聚焦这里的万物，他们都是我前世今生的亲戚，历经风雪，心无旁骛。

在西天山，这样的松籽随处可见。

在风中孕育，在风中成长，在风中燃烧，在风中成熟，在风中飞落。

在风中沦为尘埃。

一天。一年。

一年。一天。

一年，一百年。

一百年，一年。

生命如蝼蚁过穴。

活着是永恒，逝去亦是永恒。

轻轻一捏，一蓬烟雾升起。

一粒空灵的文字在牧歌中缓缓飘散。

那一场滋润万物的甘霖呢?
那一场孕育梦想的温床呢?
在草野,蘑菇的命运就是一粒草的命运。
出土。生长。丰满。圆润。枯萎。
随风而散,一朵烟云。

一棵树,倒下了,在西天山。
一棵树,倒下了,再也没有站起来。
倒下了,倒下的是时间。
倒下了,树干仰望山顶,树根向着泥土吸纳地气。
在西天山,一棵树倒下了,他还站着!

雪峰

以仰望的姿势,瞻仰那高耸入云的雪峰。
这样雄伟的雪峰,在明净的日子耀眼而炫目。
这样的雪,洁白,纯净。
这样的雪,融入了苍穹,融入了长夜的孤寂,融入了抒情的疆土。
这样的雪,修正着我灵魂将要抵达的归途。

如此近距离地与这座雪峰对视,是多么的幸福。
尽管我知道,那是一个永远也无法抵达的高度。
穷其一生,也只是一个遥远的梦想而已。
但,在那雪峰之上,一定有我的眠床。
在那些遥远而现实的季节里,我会让一只鸟的鸣唱变得更加清
亮,我会放飞一只白色的鸽哨,冲破世俗和欲望的藩篱。
足够了!这是我命运的修行,将耗费我的毕生。

纯之月

星河迢迢，明净，纯洁。

这是千里天山之上的一弯素月。

伊水盈盈。雪映银河。

千里雪山。松涛澎湃。

流光掠影。平平仄仄的音符散发着一缕淡淡的乡愁。

而这天山之上的一弯素月，催化的相思洞穿秋水，洞箫之音

飘飘渺渺，

古老苍凉的暗香，纯洁如月。

白之云

　　游弋在蓝天之云,洁白。毫无掩饰。
　　每一朵白云,都是蓝天的孩子。

　　一缕一缕的炊烟,扶摇而上。

　　那些敞开的晒场,是开在大地的花朵。
　　而那最初的一朵云,就是大地上燃烧的一束禾草,或者一粒牛粪。
　　日复一日,年复一年。
　　一切都在上升中变得简单,梦一样完成了生命的涅槃。

薰衣草

那是一片紫色的海洋。

来自普罗旺斯,散发着伊犁的灵气。

微风如梦,宁静如水,紫色的音符轻轻荡漾。

薰衣草。薰衣草。一个声音破空而来。

是谁的声音穿透了宁静? 穿越了大野?

是的。薰衣草。

在伊犁,她的气息芬芳淡雅,令人难忘。她让人遐想翩翩,如梦似幻。

还有解忧公主。她出生于富贵之家,多舛的命运与伊犁连在一起,和薰衣草连在一起。

是伊犁的气息吸引她西出阳关,还是紫色的花香牵动衷肠?

一个梦,紫色的梦。

她穿越河西走廊,远涉异域天山,"和亲"架起汉朝乌孙世代友谊的桥梁。

她入乡随俗。穹庐为房肉为食,以旃为墙酪为浆。

草原和毡房,一寸一寸融入血脉。

苦闷时,看满山遍野的紫色,聆听牧歌和羌笛。

寂寞时,与薰衣草为伴,把思念付与冰山与荒原。

惆怅时,痛饮烈酒和马奶,紫色疗治身心的忧伤。

红颜出国五十年,年届七十方还乡,解忧公主魂归故里,香留紫色的海洋。

此时,宁静穿越时空,聆听有关紫色的故事。

薰衣草。薰衣草。

采撷天山之精华,雪之灵浸透筋脉。

迷人的紫色,释放芬芳。

沐浴夏的艳阳,深紫色的梦把我拉回一个远方。

二十年前,一个迷人的姑娘,在一个朝霞满天的日子与我各奔一方。

那一年，我进入了薰衣草的故乡。

书信传飞鸿，带着紫色的芳香。

而她，那位迷人的姑娘，在薰衣草开放的季节，穿上了别人的嫁妆。

此时，在花丛中，你的影子盛开。

芳香传递着隐秘的生命体验，为我解忧，共诉衷肠。

此时，大地宁静而暧昧。

一群人在花丛中，采割紫色，收获浪漫，收藏疗治身心的琼浆。

薰衣草。薰衣草。

紫色的风，紫色的情。

紫色的梦，紫色的香。

置身薰衣草丛，一切都是紫色的。

莫奈、毕加索、梵高……

在普罗旺斯，这些艺术家的人生同样是紫色的。

而在中国的伊犁，我听见紫色的声音，从大地深处缓缓传来。

油菜花

坐一辆驼铃声声的马车，行走在七月的乡间。

田野绿意醉人，一片炫耀的色彩摇曳着风景。那铺在绿色枝叶上的希望，被季节浸泡出诱人的金黄。

风，轻轻漫过耳际，一股花香扑面而来。穿越土地的声音，滋生出金色的诗行。

朵朵绽放的花蕊，编织成一幅金黄的绸缎，飘然欲仙的遐想浸润时空，向着远方铺延绽放。

鸟鸣花间，蜂飞蝶舞，花香熏醉的诗情画意，栖息在我的心房。

人在花中走，花香溢四方。

那飘浮着的梦幻般视觉，聚焦一幅金色的画廊。

沉甸甸的喜悦，涌动起伏的浪潮。猛烈跳动的脉搏声，托起生命的意志更加坚强。

绽放在叶间的歌谣，是来自灵魂的声音，擦亮了的人生风景，澄澈而清新。

梨花

春天来了。

伊犁河畔的果园,百花开了。

这些赶赴春潮的花朵,身着洁白的盛装,摇曳满园芬芳。

风儿酝酿的柔情装扮着新娘,红尘深处的秘密生动着一场梦。

每一瓣洁白的花朵,都是一位新娘。

那一地黄色的蒲公英,铺满爱的婚床。

那迎娶的马车,驼铃悠扬。

一串串纳格拉鼓乐,渲染浪漫,麦西来普的激情被明月点亮。

那一树一树的白,静静燃烧着思想的火焰。

在一泓盈盈的清香中,花蕊敞开胸怀,任由蝴蝶多情的呢喃深入春心。

杏花

这是一座被春天吟唱的花园。

春风伴奏着杏花的呢喃。

忽浓忽淡的清香沁人心脾。

杏花的生命历程,在这一刻,是如此的磅礴。

寂静的杏园,固守着一种缄默。

树荫下,金光万点。杏树袒露着单调与期待,雄壮的气势与花的柔美共舞一则凡尘绝唱。

一只蝶,一只鸟,甚或是一只微不足道的小动物,都只是杏园的轻微鼾息。

阳光下,枝条摇曳。

一片绿叶,眨着眼睛。

柔风拂来,花瓣飞舞。

一粒音符落入泥土,为生命的美丽而欢呼。

杏花走过的季节,有一首民歌在耳边响起。欢快的旋律播种所有的爱情。

杏花欢笑着绽放,飘落。生动的情节,是田野丰收的翻涌。

春天的热情催化一场杏花之雨。宁静接踵而至。

阳春的美丽中,生命流动成一条河,所有的细节都幻化成一种神秘,一种香格里拉梦幻的神秘。

蒲公英

绿草茵茵的山坡，更适合蒲公英安家。

那不是它们想象中的贫瘠。

阳光流动的声音推开了春天的辽阔。

亮晶晶的春雨从山那边跑过来，洒下一片童话般的语言。

蒲公英绽放着属于春天的花朵。

泥土里许多蒲公英已经沉睡着，梦见绿色的鸟鸣和金色的斗笠，那是一段美好的时光。

山坡的蒲公英成了自由的花朵，就像乡人一个个朴实的日子。

其实，村庄里有许多花朵朴实得如同蒲公英，剩下的几朵闪烁成了灵魂的花环。

黄花朵朵，春的活力在绿草丛中张扬。

季节的风走在路上。

蒲公英在梦呓中飞翔。

一把小伞，鼓满风帆。

与风一起，义无反顾。

离开母体的疼痛，热泪盈眶。

绿草茵茵，春色摇荡。

繁花盛放，虫儿鸣唱。

我知道，在大地上，蒲公英已经找到了生命的航向！

红柳

站在沙漠的边缘,紫红的花浪随风摇曳,好一处梦幻般的人间仙境!

一株一株。一丛一丛。嫣然挺立。

苍穹不染纤尘,苍凉中弥漫着宁静。

一只鹰踏着悠远的诗意,在空中展开翅羽,灵魂静如止水。

一群鸟飞上天空,又落入树丛,纯朴的歌谣飘荡在蓝天。

多么生动的色彩!

多么神秘而悠远的岁月,在茫茫的荒原中流淌着生命之河!

"纤柔"吗? 单薄吗?

"依依红柳满滩沙,颜色何曾似绛霞"。

恍惚中,风雷滚滚,风沙关闭了天空的大门。

一株株红柳被沙海淹没,绿荫被淹没……

一切都沉寂了吗? 一切都消失了吗?

沙包下,黑的庄严,孕育着生命的伟大。

红柳弱躯扭动,澎湃着一行行生命的蛰音,寻找光明。

分蘖长叶,箭的头颅刺破黑暗,窜出沙包的一簇簇新枝,用绿色高唱着生命的诗章。

九死一生的劫难逃匿记忆的时光。

生命的坚强要经历多少风沙的锻打,冲破黑暗要经历多少的不屈不挠,美丽的沙漠风景要经历多少风霜雨雪的洗礼。

红柳倔强。以沙漠为家。苦苦守望沙漠,矢志不移。

沙暴淹埋一寸,红柳长高一尺,沙高一尺,红柳长高一丈。

禁锢沙漠,撑起漫漫沙海一片片绿洲。

在这个世界上,面对风沙的严峻拷打,红柳的骨头最硬!

芦苇

趁着春风柔和的日子，拼命地拔节。

这些大地之肾的保护神，擎起生命的经幡，血气方刚。

根植于大野，朝迎阳光的清丽，夜与群星共舞。

根植于大野，与草木共荣共枯。

根植于大野，在风中看人世的悲欢，在季节中体味人情的冷暖。

一个季节的狂欢从春天开始，引鱼儿穿梭苇丛，诱野鸭鸣唱着爱情、水鸟的舞蹈荡起涟漪。

年年的春天，年年的苇荡，新生的芦苇在腐朽中新生。

岁月深处，一把把银镰收拢季节。

时光的影子被编织于一张张苇席，日夜流淌的伊犁河，宽广的苇荡以及辽阔的生活……我美丽丰饶的故园，休憩于一部长卷的童话。

芦苇有思想吗？人有思想吗？

随风飘荡。随风而生。随风而灭。

芦花散尽，只待轮回。

人去灯枯，生命终结。

芦苇的一生，就像人的一生。

而芦苇就是芦苇，人就是人，

芦苇生长大野，人立于人世。

草莓

绿色的原野上,一粒珠子就是一粒春天的音符。
点点红色闪烁着星星的光芒。
泥土之上,草莓聆听到了季节流动的声音。
那来自村庄的欢歌笑语,那清亮的鸟鸣,那温暖的阳光,
搅拌着泥土的气息,在春天的田野燃烧着浓浓的乡音。
泥土长出一粒一粒红色的文字,温馨的喜悦灌满双眼。

昨夜那场及时雨,化着晶莹的甘露点亮黎明。
饮露而长的红换上了成熟的嫁妆。
滴翠的叶片,衬出万点娇艳,清香漫溢。
哦,草莓,在这温暖的季节,为谁而红? 为谁而熟?
恍惚中,一只小鸟飞落,虔诚地凝视一粒圆润的朱红,细
细品味。

樱桃

细碎的亮点在枝头绽放出迷人的繁星。

枝叶摇曳着温热的话语。生动的情节,充溢着香醇的幸福。

"红了樱桃,绿了芭蕉"。

古典的诗词带着成熟的甜蜜,你从立体的诗歌里走来。

激情四射的声音里,鲜艳的红色抵达澄澈的灵魂。

粉蝶弄影,游蜂寻香。夏天的日历徐徐翻开。

馨香弥漫,纤纤细手摘取珠圆玉润的虔诚,定格成一幅和谐自然的图画。

玲珑剔透,粒粒凝聚着大地灵气的红珠让人满目春色,任意膨胀的快乐放射出湿润而性感的光芒。

色彩鲜艳,温馨而甜蜜的话语意味深长。

樱桃短促的生命编织成梦境,楚楚动人。

稻穗

九月的阳光染上了浓浓的秋色，一群赴宴的
蝴蝶掀动一地嫩黄。

风声敲打着季节的枝头，所有的果实都开始
歌唱。

深沉的土地，在阵痛中分娩。

一束稻穗站在季节深处，聆听着一粒鸟鸣。

银镰闪过，那些 遥远的日子，苦难化蝶。

田野走动的风景，摇曳着一束束饱满的火苗。

而一束金黄的稻穗里，一个幸福的灵魂笑出
了声……

枯草

一棵枯草,站在少有人经过的高原上。

它的前身是一粒微不足道的种子。它把一个个的梦种进春天的田野,而泥土的温柔,引领一个故事,生根发芽。

夏天为一方土地撑起一把遮阳的伞。

金风中,抖动的枝叶用爱心抚平日渐褶皱的墒情。

几场狂风在它面前绕道而过。

寒霜接踵,那些流动的词语停下来,坦然穿越一个严酷的季节。

寂寥的时光中,用寒冷的风雪锻打筋骨和性格。

有许多这样的人,像草,站在高原上,站成了人类精神的塑像。

黄叶

这是秋高气爽的日子,阳光托高的天空一碧如洗。
满树的金黄缀满阳光的味道。
这时候,秋风开始编排生命的歌谣。
季节的轮回让泊在树上的乌鸦缄口无言。

一群农人行走田间,时光打磨的农具锃亮耀眼。
在繁花似锦的日子里,浪漫的夏天早已交付秋风。
沿着一片被双脚丰盈的田野,大地铺展着最美的风景。

四周沉静,秋水清澈。
纷纷飘落的黄叶,沿着一条河流的方向飞翔。
流动的语言孕育着一个一个的童话,圆润而饱满。
黄色酿成美酒,醇香弥漫大野。
那一行行南飞的雁阵,是开满天空的花朵。
缕缕清音萦绕时空,弥久不散。

干果

一枚风干的果子，挂在春天的门前。

走过冬天，成熟的金黄熠熠闪光。

回想过去的时光，寒风夹着冷雪飘荡着，一场接着一场的寒流，竟是这枚干果生命的锻打和淬火。

回想过去的时光，有过和风的温柔，有过夏天的火热，有过秋天的沉甸甸。

回想。回想轻盈地挂在树上，它和兄弟姐妹在风中荡着秋千，和鸟雀一起论述秋风的是是非非。眼睁睁看着蝴蝶和蜻蜓滑进了时光的年轮。

直到有一天，它们被饥饿吞吃。

那已经是秋末冬至，它藏在枝桠间，和枝桠浑然一色。

剩下来的，是一个奇迹。

脚下柔软，一些词语在地上成群地蠕动，铁的声音催化冰冷的家具，冰冷的家具妆点着尘世的门面。

而那些形态各异的枝条在春的某一天，被时间拉进大地深处。

而那些早产的煤正在投入火热的炉膛，放出能量的同时，驱动物欲膨胀。

而那一群心猿意马的乌鸦，围着这枚干果，话题滤去了往事的痛感。

一场风雪，一场饥饿，或是一场盛宴，均是跳动在生命琴弦上的一粒音符。

雨林之菇

一场雨突如其来。

密密的雨丝臆造一个快乐的温床。

松林与烟雾情意绵绵。毡房是草原上跳动的一
粒一粒的和声。

松林静谧。

沉醉的风声拨动琴弦，星星点点的蘑菇撑开小
伞，聆听着大自然的天籁。

走在松林中，小心采菇。

一只只手小心翼翼，擎起迷人的花朵，遐想的美
味抵达味蕾。

一只牛儿驮着四个奶桶，走在松林边的小道上，
四蹄抓紧泥泞，缓缓下行。

一骑少女，羞涩中流露出幸福和满足。

这是两朵移动的蘑菇，散发着纯净的奶香。

我看见，草原上一幅神思妙想的图画正在慢慢
展开……

灌木

这些土生土长的灌木,燃烧着秋天的火红。

美丽的果实含笑枝头,微风中摇曳着一个一个成熟的故事。

一只色彩斑斓的毛毛虫栖在一片黄叶上,眼神纯净。

一条小路绕来绕去,羊儿漫不经心地走向密林深处。走的多了,就有了弯曲的小路。

阳光投下斑影,静谧像一杯红酒,优雅而丰盈。

一座白色的毡房,隐居大野,平淡地迎来日出,平淡地送走晚霞。

几峰骆驼伸长脖颈,守望着一方家园。珍藏的记忆,足够回味一生。

此时此刻,这些灌木将心灵的触角深入泥土深处,温暖直透肺腑。

此时此刻,渺小托起的生命,潇洒自如!

小溪

一条小溪,很细。如一根不起眼的细线缠在山腰上。

你从一条缝隙中流出,沿着山腰滋润出了一条绿色的飘带,可是一方石凳却将你的命运搁浅。

你失去了走出大山的机会,更无缘看到大海,或者是湖泊。

你经常听先辈讲起大山那边的故事,你也曾经鼓起勇气想走出去,看看外面的世界,可是你最终继承了父辈的一种精神,相信了命运的安排。

是对大山的深情眷恋,还是为了站成高于大山的风景?

直到有一天,你循着父辈讲的故事,将它讲给你的孩子们。

于是,孩子们也有了对大山那边的神往……

年复一年。

一条小溪,很细。就像一根不起眼的细线缠在山腰上……

静之河

一条河。静。
河面飘浮着三两片落叶。
一棵树站在水中。静。
那些裸露的根,缠绕成一座座迷宫。
一群鱼儿,进入迷宫,荡起神秘的光环。
一丛一丛的水草,青春四射。
那块长满青苔的水中石,精致,秀美。
水天一色。
生命的速度慢下来。
静的水,温柔,纯净。
阳光照在水底,清晰,透明。

土房

公路边的一座土房子，其实根本算不上是房子。

低矮的土打墙、三两根椽子、几把苇草，是房子的全部骨架，牧人用雪水和泥，以心灵作墙筋，支起了一朵遮风挡雨的蘑菇之房。

一匹老马站在房旁，目光安详，聆听悠远驼铃如歌如诉，反刍的意象丰满了一个一个平凡而漫长的日子。

望不到尽头的路向着山外延伸，拐了个弯，消失了。

一匹马目光所能到达的地方，难道就是它一生全部的追求？

一个人站在屋顶上，以鸟的姿势试图飞翔。

心中有了梦想，日子就少了沧桑。

那座土房子，是大地上温暖的记忆，是时间留下的标志。

那座土房子，一辈子走不出最初的季节。

旷野

那棵树,站立旷野。
日复一日,时间搬动树的身影。
影子来了,又走了。

风从西向东呼啸而来。
风缠住树,剧烈地扭晃。
树干向着东方倾斜,站直。
站直,倾斜。
树枝拍打着树枝,树叶拥挤着树叶。
空气张牙舞爪,咆哮,尖叫。
旷野空空。

风抽打着树干。
千万根缰绳收紧。
一只大鸟,敛翅枝间。
双爪抠紧树枝,沉默着。
风消失。寂寞来了。
那棵树,孤单着孤单。
天空落下的雨,深入树的根部。
旷野在黄昏歌唱凯旋。

田野

秋阳。田野空空。
以一条小路为脊，一本书展开的琴音溶蚀了激情。
昨夜尚未破壳的梦泊在一片草叶上，迎着秋风轻轻地鸣唱。
一叶记忆化作晶莹的露珠，在自由的游荡中寻找家园。
那些熟悉而陌生的面孔，在颠沛中完成一次次灵魂的蜕变。
田野空空，秋的音符平平仄仄，浓缩了四季的浪漫和沧桑。

第一场秋雨，在心灵深处荡起涟漪。
沁凉汇成一条河。细碎的雨如磷火燃烧。
在水一方，零星的渔火，收敛翅膀。
花开花落，长天暗日。
大地和天空之间，多少浪漫的故事正等待着命运的续写。

坟地

天空深邃碧蓝,阳光静止。
一朵乌云来自天边。
一片坟茔在乌云下显得静谧幽深。
一些走散的人,将自己的灵魂安放在阴影里。
送行的人来了,又走了。
走了,又来了。
而灵魂始终没有走出一朵云。

风筝

春阳明亮。

是谁在挥舞青春的云手,抒写五彩缤纷的空中童话?

在风的引领下,风筝鲜活了一个季节的乐土。

一根线伸长手臂,一头牵着风筝,一头牵着五岁的男孩。

风筝愉快地飞,孩子高兴地奔跑。

燕子轻轻地剪开一扇窗户,聆听风筝的童谣。

缓缓移动的时光滑过童年的跑道,向着地平线上的朝阳启航。

被春风擦亮的云朵在空中流动,飞翔的美丽煮沸了春的天空。

思念很突然,一个人有一个人的飞翔,一个人很快就会成为一个季节的往事。

天上的彩云,总是和大地保持着距离。

而大地流动的风景,在风筝酿造的醇酒里沉醉。

冬韵伊犁河

我常常亲近我的伊犁河,无需理由。

在河畔静静伫立。听涛声西去。

看浪花翻卷,荡涤落满浮尘的灵魂。让萌动的文字排成错落有致的诗行,抵达心的彼岸。

以吟唱的方式,感知一条河流脉搏的律动之音。

此时此刻,阳光在美妙的音符里布施温暖。

宽广的河面上,浮冰闪耀眼睛。

两只鸟,羽毛一闪一闪。

影子重叠。分开。

飞翔的声音与落地的静寂,叩开了一扇回家之门。

一丛春荣冬枯的芨芨草,在河畔的隐秘之地。

朔风凛冽,傲然雪中,枯而不死。

一年又一年,生命无法破解的密码,在简单中演绎风花雪月。

一年又一年,他长大了,我已不惑。

深深的记忆在雪地上蠕动着,散发熟悉的气息。

岁月蹉跎。一圈一圈的脚印,拉近了自然与生命的距离。

在这里,尽管没有刻下"到此一游",我却听见一管深情的曲调托起菩提流过心底。

在这里,我从未绑架一只蝴蝶,却看见一张熟悉的面孔,在我来的路上,一闪而过。

隆冬来了。我已比昨天更加成熟。

沿着河堤漫步,思绪飞扬。

一步一步,铁质的乡音和柔软的诗歌,沿着大堤流动。

一丝一丝的凉爬上背脊。

我聆听周围任何一种声音,我观察身边任何一种动静。

我想象河水流成一条直线会是什么样子。

我想象着前路会不会被一阵风顷刻吹散。

无河畔风，阳光如洗。

雪上醒来的一些字符，将我的心房胀满。

那些次生的灌木，那些次生的野草，那些高挂干果的沙枣树，那一丛
一丛的红柳，在这个冷寂的冬天，内敛所有的热情。

一群乌鸦飞起来，熟悉而又陌生的声音，拉锯着大地的心房。

往日的面容走动着，来路上洒满寂寞。

风的语言雪花一样飞舞，漫游的呢喃直闯耳鼓。

一条内流的河，几百米到尽头，很小。

静静地，在我的记忆深处沉睡。

第一次，在那个炎热的夏天，我心灵的相机与他合影。

被囚禁的那只蜻蜓，在柳树的十字架上，钉成我心中的耶稣。

还有河中那尾鱼儿，摇头摆尾。

在我洒下食物的时候，水泡翻出记忆深处的浪花，透明，耀眼。

站在这里，阳光拨开心中的一块阴霾。

心中的底片一瞬间曝光，而河面上的冰雪在不停变换着颜色。

那些站立苇荡的芦苇，叶片高举金黄，光芒灼眼。

无管的箫音托一缕旧梦，芳香四溢。

无数洁白的芦花煽动着羽翅，烈日掰开骨骼的声音漫过旷野。

而那把锈蚀多年的钐镰，追随秋风的吟唱，沉入到大地深处。

一团奔跑的火焰与土地的呼吸一起，衰老了一个时辰，

此时此刻，我依靠着旧日的栏杆，任由冰凉的琴音注入明天的旅程。

两个少年，不知愁滋味。

皲裂的脸蛋，酒窝溢情。

一副破旧的爬犁，沿着斜坡拖到高处，滑下来。拖上去，滑下来。

笑声长满羽毛。一段不长的斜坡重叠着欢乐。

冰面上盛开的风景，从童年走向老年，再返老还童。

一切都在经历着，一切又都走进了记忆。

这是冬日的正午，而阳光开始偏西。

内心散发的讯息，提前让春天抵达人间。

关于冬天

暖冬：
尽管再过两天，就是冬至。
我却闻到了另一个季节的气息。
雪花没有如期而至，寒月姗姗来迟。
天空阴霾。细雨霏霏。
那自西向东的风在脸颊缓缓拂过，一丝暖意忽远又忽近。
天空一闪而过的飞鸟，影子在时光的琴键上敲出了一缕春的音符。
草叶在梦乡中思念雪花的幽香。几只野兔正在飞奔而过。
树枝上几朵梅花，暗香涌动。微风摇落水珠，催化一地的绿。
就在我抬头之间，那越升越高的流云，托着掉队的雁儿，越飞越远。

这样一个冬天，我的心，半是温暖，半是苦涩。
在我所居住之地，曾经已经白雪皑皑，千里冰封。
似乎，这样的季节并没有走远，仿若昨天。
我看见，在那些刻骨铭心的日子，有朝阳从东方冉冉升起，有鸽哨。
悠扬敲碎寒冷的筋骨。
冰雪覆盖的大地，冰莹的光芒散发着火热的思想。
那样的日子，人们身着盛装，鲜艳的色彩在雪白的世界绽开花朵。
一朵一朵的笑声在银白的世界纷纷起舞。
一架一架的马车，驼铃悠悠着中亚细亚的雪之风情。
一声一声的鸽哨冲上云霄，雪花开放的声音隐隐传来。
大地深处，炊烟升华了火的温暖，奶茶的清香缭绕，缠绵。
夜幕降临，一些诗歌的灵魂绷在冬不拉琴弦上，心灵的颤音将时光
拉回过去。
一匹马站在雪原，生命的长河交付宁静。
千里雪原，鸦声空旷而寂寥……

那是一个美好的季节，一个人的影子披一袭单衣。

通红的脸颊冰凝漂泊的泪行。

跌倒,爬起,前行。

前行,跌倒,爬起……

经历了这样的冬天,他的血液绽开了春的讯息。

而在这有关暖冬的垛口,无言以对。

两滴泪水涌满眼眶,

是在等待这个冬天的雪朵,还是怀念那辽远的雪白?

冬雨:

冬雨菲菲。

遍地的潮湿概括了冬天的语言。

迷茫的水雾,离泥土很近,离冰雪很远。

浸透水汽的黄叶浓缩一树的体香,随薄雾飞舞,起落。

凋零的玫瑰花散落一地,风韵犹存。

正在走向学堂的粉红风衣,脚步缓缓,韵步迷人。

冬亦含情,静心而思,畅无为之道。

心暖如春,沉凝得慧,吟晨光而澄鲜。

默想中,远处晨钟悠扬。

新的一天,就这样开始了。

凝霜:

那位走出诗经的伊人,衣袂飘飘。

淡青的草尖栖满水的精灵。

风花雪月的臆想敲醒良辰一梦。

一弯冷月,美丽离相思最近。

山岚烟雾缭绕。晨光朦胧。

几棵走动的树,踏着洁白,魂归故乡。

寒鸦旋舞,

那飞来荡去的鸣唱,喷薄一轮红日,在东方冉冉升起……

初雪

11月22日。小雪。

北风拉动暮色，飞絮漫天。

通往季节的路上，它跑了三天三夜，从西伯利亚而来，和一片月光
一起飞越苍茫。

有一种痛苦，就像母亲的分娩，有一种精神，就像夸父逐日。

而此刻，所有的花瓣都支起耳轮，和荒原一起，聆听季节的乐章。

抬头仰望，朵朵花瓣冰凉。

在梦幻中接近现实，走在时间的锋刃上，闪着寒的光芒。

三点两点，开放的梅，妩媚馨香。

疾行的风中，有一种声音跌坐山头，刺骨透心的凉，深入肌肤。

迎着风，我的目光穿行在河流与村庄。

寒鸦立雪，乌雀南飞。

而含苞未放的情缘，托着一片雪花在低低地飞翔。

一只灰喜鹊用鸣唱养育了自己的歌谣。

一种铭刻心尖的美，纯净端庄。

一个无法言说的故事，在风中打开翅膀。

所有的往事像天边跌落的流星，一闪而过。

恋恋不舍的泪水，回过头来，深情楚楚。

雪是天空盛开的花，一朵朵流动的花。

是谁让许多凄美的故事化作了雪花？是谁诱迫蜂蝶去了远方？

又是谁，在平静的风中掀起波浪？

哦，开在空中的雪，请允许我打开双手，用手心去触摸你的内心。

轻柔曼妙中，静静孕育一粒音乐的种子。

洁净的时光抹去浮尘。

错过归期的小羊，你是谁家走散的雪花？

你是否听到，冷如山泉的天籁，在这白色的夜，把一些色泽缤纷的温暖，撒在了城市的梦呓之上？

祥和。美丽。仔细聆听初雪的倾诉。

纷纷扬扬的雪，义无反顾。化作热流洗涤着暗哑浮躁的市声，也洗涤着城市的脸庞。

最美最纯的花朵，以感恩的方式，把一粒灯光越擦越亮。

雪在风中说话。温馨打湿了舞蹈和歌声。

而窗口后面的每一张笑脸，都化作冬天的词汇，在开满花朵的天空自由翱翔！

黄昏·雪原

夕阳缓缓地向着天边滑去,晚霞染红了天空。

朦胧的雾色里,一座座山峰,轮廓古典地展示着神韵。

朵朵红色的云彩飘逸成相思,刚直透明的执著,穿越心海。

村庄飘起的缕缕炊烟将时光拉长,在雪的上空开成美丽的花朵,填充着天空与大地最后的距离。

静寂苍茫的雪原,把游子漂泊的脚步停泊。

一幅长河落日的意境,行走在我阡陌纵横的诗园。在感悟心与灵魂交融的时刻,那个叫马致远的诗人正在向着我款款而来,诗人为黄昏的世界点缀了生命的颜色,我把美丽的诗行收藏。

黄昏的歌声里,一枚黄叶从树上飘落,像一只风铃摇曳在走散多年的村庄。

一群乌鸦在天空中编织着梦想,清亮的鸣唱为我舔干满眼的惆怅。踏雪的声音,将绵延不绝的思绪送进泥土。一串相思在脚下发芽……

夕阳掩映下,一缕音符像风的羽毛,在命运的枝头长出翅膀。多情的目光洞穿一轮又一轮浩淼无边的心潮,走进远方的故乡。

尘埃落定。梦睡去,黑夜是我停泊的村庄。

静寂无声的夜晚,我看到命运的阳光照亮了我的前程……

农庄·雪

一场纷纷扬扬的白雪，在日益干涸的村庄上空吟唱了整整一夜。

纯洁的白雪越过远古的荒凉、茫茫的岁月，穿过夜空，一曲古典的天籁之音回响在多梦的季节。

夜的梦里，我的双耳久久不能入眠。整整一宿，我聆听雪落在房顶上，落在地上，寻找自己的根。

我的梦触摸到了夜空里那些飞扬的诗句。一曲曲古老而悠长的歌谣从心间流出，吟唱在古老的村落上空。六角形的花朵以一种洁白的意境穿透心房，微凉的花瓣淹没了我沉沉的思绪。远去的热烈和真诚和纯洁已经被岁月打磨得有棱无角，心中的期望最终变成了一个无言的结局。故事的情节飘落如歌，沉积在生命的古渡口。

春天的第一场雪，洗涤着村庄本色的胶片。夜莺的声音比布谷鸟似乎来得更早些，如歌如韵的新闻在空旷的山野播报不息。

纯纯洁洁的雾凇，栖漫枝头。一切空旷和苍凉都在渐渐隐退，天空与大地与村庄正在进行着一次交心的长谈。

即使没有我诗词的写意，白色的花朵也会栖满枝头。

大地飞花

这是天空最经典的花朵!

经过三个季节的孕育,来自岁月的深处。

它是春天嫣红的化身,它是夏季火热情深的花朵,它是
秋风秋雨中成熟的宁静。

此时此刻,童话般的世界,如梦似幻。

天空和大地融为一体。

纷繁喧闹的世界被洁白的意境升华。灵性涌流的乐章演
奏着莫扎特的宁静。

雨之灵的花朵,灵韵展开翅羽,闪烁着纯洁。

六角形的花瓣,把慈厚和全部的爱,都浸入到瑞兆丰年
的土地深处。

一场洁白的风从西伯利亚而来。

洁白的原野,一颗颗颠簸的心,还在不停地赶路。

尚未丰满的城市,被一段洁白的风净化着。

而一个诗人,站在五楼的窗前,开始清点行囊与诗歌。

他发现,春秋数度,行囊仍旧空空如洗。

他发现,有一些灵魂,竟然比诗歌更加纯净。

一只鸟儿在天地间昂头飞向幽深的天空。

一只乌鸦,抱成团,静静地坐在杨柳的枝杈间。

而一群一群的羊,踱着细碎的步子,精打细算着生命的
足音。

一些黄叶,还在飘零。

远处的河流放慢了脚步,抛下一些附身于城市的污浊。

岸边那丛巨大的芨芨草动了动,把梦拔高了几分。

一朵寒梅，开在枝头。

而我的心，就像周期性的候鸟，为自己找到流浪的借口。

躯体的辎重穷尽一生也无法放弃活的意义。

因此，我只能用候鸟的翅膀，把自己托运到，生命的每一个季节。

我只能用摇橹的双手，把自己渡到波涛汹涌的彼岸。

而生命的辉煌最终会融入春泥，让清丽的乐音化作水的柔情，让爱的世界变得空灵。

天空旋舞着白。

我想起南方的雪，想起梯田，想起十年一遇的那场栖落油菜花上的雪。

想起黑瓦楞上凝结的晶莹。想起一切有关我童年的雪。

这些过往的冰凉和晶莹，让我在迷蒙中感知冬的温暖，感知故乡冬的容颜，感知那些关切的目光。

而正在发生的故事，被白的花朵精心哺育。

街上来往的车辆，浮动着不安的灯光。

一张张似曾相识的面孔，消失在风雪中。

一些沉重的脚步，还在不停地跋涉。

一个演奏手风琴的盲人，用歌声的盲杖指点着迷路的羔羊。

一些孩子围着一个堆起的雪人，且歌且舞。

一叶浮萍，是藏在心底一段洁白的插曲。

一朵雪花的翅羽上，紧紧地拴住一个诺言。

一些孤独的声音，是属于生命的。

一种等候，天长地久。

旷野洁白。

无数飘逸的灵魂，细腻而纯净。

岁月的音符清扫着尘世的院落。

从雪到白，在遗失的方言里，我是那只迷路的小羊。

从过去时到现在时，最美的抒情温暖我冰凉的脉搏。

一管清丽的箫音，点亮一叶心帆。

而那盏渡我的灯，正在穿越春天的大门。

雨夹雪

这是春天普通的早晨。

一场风从西而来,乌云关闭了天空的大门。

最后一缕朝霞被雾劫持,雨夹雪飞掠而来。

白天厚重,冰凉沿着细小的毛孔深入大地的肌肤。

那一刻,我的乡土在春寒中颤栗,美丽失色。

那一刻,受惊的大地儿女在风雨中飘摇。

那一刻,农人的眼里流出血浆,波澜隐忍。

那一刻,即将踏上致富之路的黄瓜被寒风摔伤。

那一刻,怀孕的杏花早产,一粒蒲公英在天空寻找家园。

那一刻,几只早起的鸟儿被风裹挟着,飘向远方。

而那些流动的铁皮房子,犁开一地污水。

是谁,在这个季节劫持了春天的明媚?是谁,赶在迎接春姑娘的马车之前改写了春的故事……又是谁,推倒那些厚重之墙,妄图掘开贪婪的墓地?

在这个春天,带泪的歌声跌落一地。

在这个春天,所有劳作的美丽,被一场雨夹雪掠夺。

在这个春天,雨夹雪,或者风,与我们的诅咒无关。

晨雾

此起彼伏的鸡鸣狗吠穿透薄雾，升腾起一片比晴天更加迷人的意象。

潮湿的空气流动成了村庄与天空亲密接触的津液。

叶间的露珠轻轻滴落，呓语着逐渐清晰的村庄。

这个时候是村庄最美好的时辰，乡野的气息穿过田野弥漫心房。那天边逐渐隐去的星辰后面，我看到了两个紧密相拥的身体分开的时刻，太阳正在从他们中间冉冉升起……

这是我将要出走的时刻，这是莫扎特在旷野演绎静寂的时刻。

这时候，我听到了村庄的絮语和植物摇动风铃的呢喃，那些绵长的响笛构成了村庄忠实的歌者。

鸟儿开始在枝间婉转啾鸣，乌鸦站在村庄的高处，思考着人间的冷暖。

一群上下翻腾的白鸽在云雾之上，放飞着清亮的哨音，云卷起衣衫信步天庭……

一只鹰突然闯入我视线的领地，目光如炬，一场杀戮即将开始……

此时此刻，我游走的魂灵感悟到了什么才是真正的宁静淡泊、隽永虔诚……

在雾的一边，我看到一个人像一粒露珠，从叶片上轻轻滑落……

漫步河堤

漫步河堤,和亲人一起。

白雪铺满纯洁,河畔在静谧中孕育着祥和。

一对空中戏飞的鸥鸟呢喃着一个亲密的细节。

一个故事正在拉开序幕。

爱也刻骨铭心,恨也刻骨铭心。

柳枝依依,却不见古道长亭,那是一些已经远去的风景。

长亭下发酵的泪痕,在隐秘结痂成一枚疤痕,血色的寒冷闪着光芒。

那些记忆中的言辞,被时间漂白成一段段苍老而真实的谎言。

一些风吹来了,又远去了,带着一段往事在飞翔。

一些风化的思想,逐渐深入泥土,根在那里,最后就得回到那里。

伊犁河水在静静地流淌,岁月走在浪花尖上。

而一对互相慰籍心灵的鸥鸟,将情感的触角抓紧,抓紧!

漫步河堤,天色阴霾,淡淡的苦涩,淡淡的忧伤,淡淡的愁绪,淡淡的记忆,来也匆匆,去也匆匆。

一尾鱼行走在冰层下,两滴透明的泪结满寒霜。

她在为谁哭泣? 为什么透明的泪珠始终无法洗净欲哭无泪的脸庞?

透明的水,透明的冰,透明的鱼,以及透明的泪!

你已经奄奄一息吗? 你在等待着一把刀,或者一支箭吗?

而岸上的一个人,心中无法诉说的是那永远无法穿透的心事!

温柔或者冰凉,冷酷或者热情,晦涩或者明丽,都是风在操纵。

因为芦苇不会说话,它空杆空心。

漫步河堤,枯萎的苇草残留着昨晚的风韵。

阳光吝啬着自己温暖的光芒。

静止中,时间不停地跑远,故事却丢在风中。

落在岸边是一尾鱼的化石,在时光中闪烁着光芒。

远处的一切,雪山、大桥、穿梭的车流,勃勃生机在风中点亮残阳。

牵着亲人的手,在依恋中传递着温暖,忧伤变得安静起来。

一枚红色的印痕留在唇上,散发着余香!

静坐河畔

静坐伊犁河畔,听涛声远去,看浪卷潮涌。
朝阳下,一首靠岸的渔船拖着一张疲惫的网。
饥肠辘辘的鱼鹰,哀怨的双眸在河面上搜寻不舍。
河谷深处,一柱炊烟扶摇而上,渐渐淡为彩色的云朵。
风从远处吹来,昨夜的酒歌和转场的驼铃仍在风中摇曳,有着
草原的苦涩和甜蜜。
短暂的沉寂过后,有一种声音正在长大。
而我的灵魂,经受着一次洗礼和分娩。

远处有狼的哀鸣此起彼伏,那是一种被囚禁的声音。
还有那充满诱惑的游乐船的尖叫声,切割着空气的同时,我感
到呼吸有一种被压抑的紧缩。
就这样,现代与古朴正在进行着一次碰撞。
就这样,囚禁与抗争正在进行着一场较量。
就这样,想象与现实正在进行着一场痛苦的交流。
而许多东西就像一阵风涌起的浪潮,热闹了,又冷清了。

起风了,热浪夹着浮尘弥天而来。
远处的电锯还在不停地拉动。
一排树倒下了,一群鸟飞走了,还有那些折翅的蝴蝶也在逃离
家园。
零星的雨滴让花儿感到一丝凉意,而更加冷峻的苦难潜藏在
生命的每一个角落。
河面惊飞的鸥鸟,驮着一缕黯淡的阳光,滑向远处……

那久远的渔歌和"口乃"之声绵延不绝。
那拉纤的号子苍凉。遥远。
那浊浪排空的壮景,已经渐行渐远。

那古老的渡口，早已被岁月的洪流冲刷殆尽，只留下一些晃动的影子……

放眼远处一座飞架南北的巨桥，就像一条等待点睛的巨龙。

岁月不停，潮涨潮落。

我不知道，这里是否还会成为一处无法移动的风景？

河岸那片次生林郁郁葱葱，还有那不屈的芦苇，为这片生命的湿地撑起了一柄巨伞。

隐隐约约，我看见"黑眼睛"的姑娘、那丢失多年的"阿瓦尔古丽"踏浪而来，歌声点亮了河水和夜幕下的渔火。

潮流和古典，高雅和世俗，正在经历着分娩般的阵痛。

群鸥乱飞。蜂鸣蝶舞。柔曼飘逸。狂欢沉醉。

在我转身之间，这些优美的词句开始走进我的灵魂……

伊犁河之春

没有什么可以阻挡季节的跫音！温柔的风吹过，张扬的色彩代替了冬天的单调。

春天的脚步从河畔开始。几枚冰凉的花瓣随风飘舞，粉红色的梦想放飞一首首童谣。水下的鱼儿以温润的颜色让小小的浮萍在水面上生动起来。垂钓者的足迹深深浅浅。冰刀划过冰面的印痕被潮水渐渐抚平，热闹一个冬天的欢笑挤破冰壳点亮大地生命的亮色。

残冰在河面上下跳跃，浪花裹挟的身躯与水进行着最后的较量。

盛满绿意的颜色在水鸟展开的羽翅上飞翔，嘹亮的歌喉送来天空蓝晶晶的旋律。

一粒音符打湿了风的羽毛。水面上的花纹鲜活了一个个梦呓般的童话。思绪回到家园。

以栖居者的心态怀旧，以土著鸟的姿态守望脚下的河流。

冰消失了，水涨潮了。

多少个明亮的日子就这样在企盼中长大。拉长。

透过雾霭，我看到水与水之间有一道流动的风景。这道风景逐渐放大，点亮了春天的天空！

秋的歌吟

霞光踩着清亮的韵律，穿透露珠的幻想。宁静被几声狗吠扰乱。一棵柳树孤独地站立着，寂寞的时光片断充满了神奇的动感。

晨光放牧着早起的雀鸟，意犹未尽的梦境仍在嘴里宣扬。

渔歌黯哑，身披夜露的渔人正在靠岸，船上几点鱼鳞闪着银光。

裸露的河床流干了泪水。经历夏阳曝晒的芦苇挺起坚硬的脊梁。

一阵秋风的声音从芦苇的缝隙传来，几片苇絮飘过，一种命运的抗争和坚强深入泥土！

远处雁阵声声，归航的号角让季节浓缩成一个日益清晰的故乡。

阳光跑过的地方，许多飞扬的尘埃像羽翅碎裂的声音，在光线中打开翅膀。

鸟的鸣叫，将残败的花瓣重新送还泥土深处。树上熟透的果子，击伤了一只蜻蜓的翅膀。蜻蜓在草丛中呻吟、挣扎，明年那个成熟的季节，恐怕他再也无法抵达。

风中的蝴蝶泊在一朵半干的花朵上，颤抖的翅膀释放出一段忧伤的歌谣。

叶，最后落入泥土的巢隙。

坐在深秋，凝望空中飞舞的落叶，据说那是大树忧伤的眼泪。

在尘世和落叶之间，我该以怎样的方式回应？我又该对着谁的背影哭泣？

接近山顶的夕阳将一个人的影子拉长。

缺少暖意的阳光映在沙枣树上，归心似箭的果子站在枝头，等待着一场风的到来。

秋韵在夜色中浓郁，看不到渔火的黄昏背后，飞卷的黄叶落入漩涡，带着一个神秘的梦想漂泊远方。

一只掉队的孤雁声音凄凉，大地毫无怨言地收留了他的身影。

野鸭从芦苇中振翅而起，歌声在河面上展翅飞翔。

苇絮在黄昏的歌声中扬扬洒洒，张开的翅膀载着成熟正在走回家园，泥土是他寻根的故乡。

寒意降临的秋夜,祥和宁静缝合着一道道伤口。

头顶星光闪耀,澄澈温暖的月光使秋的夜空变薄,穿行于节令之间的飞虫在月光中游荡。

与月光一起走来的秋风,坐在高处,号召树木、沙石、昆虫一起唱歌。而自己却把一扇心灵的小窗打开,让那些逐渐远去的故事调动生命的激情,在最美的时刻,选择歌唱!

天鹅

赛里木湖的傍晚,那只形单影只的天鹅,他双蹼划浪,无声游弋。巨大雪白的翅膀展开一张帆,生命之舟在湖面上缓缓航行。

他高举美丽的长颈,仰天一啸,声如惊天之雷划破霞光,那积雪的山峰在双眸充满了优美的诗韵。

他的长颈弯成曲线,像一幅浮雕,优雅高贵。

他游过一片宁静的水草边缘,身姿雍容而又哀怨。青青水草随浪摇晃,宛如一头青丝在身后荡漾。微风擦过他的双翅,那起伏的浪花哀哭着远去的伴侣。

现实残酷的杀戮是在某一个暴雨的黄昏,一声罪恶的枪声,奏响赛里木湖畔的哀歌。同伴的头颅在哀歌中拉直,再也不能弯曲。

一颗圣洁的灵魂永远栖落于这片水草!

带血的羽毛散落,幽怨的守望开始。

浪花欢快的歌吟响起,他远离那片水草的幽暗,昂着头,滑向空旷的蔚蓝。

夜幕降临,湖岸朦胧一片,一切轮廓像晦冥的幽灵,湖水温柔宁静。

蟋蟀在湖岸的草丛中奏乐,清新潮湿的空气摇曳不定。

一点萤火在月光下滑过。

天鹅在黑暗中睡去。

他的头藏在翼下,梦飘浮在湖水和天空之间。

鸽声悠扬

蓝天。鸽哨悠扬。

一群散漫而幸福的羊，从缺衣少食的记忆中苏醒。

草色青青，一束炊烟从大地深处袅袅而起。

季节的歌声推开泥土，五谷的味道芬芳飘逸。

泊在草叶上的露珠，照亮大地的温馨。

一群跋涉而来的候鸟，栖落在诗意的枝头，沾满春风的鸟语，撑空透明的风景。

轻轻地，春姑娘来临，沿着三月的经络，挥洒一地生机。

鸟鸣

玉米地的尽头,一棵桑树枝繁叶茂。

紫色的桑葚,闪烁着迷人的光芒。

阳光和煦,在叶间演绎着斑斓的呓语。

微风中,绿叶飒飒地歌唱。

一群鸟飞上飞下,嘴里的呢喃平平仄仄。

天籁般的乐音在空中腾越。

一只大鸟,从叶间起飞,驮着幼鸟。

在风中,幼鸟展开稚嫩的翅羽飞翔。

天空碧蓝,大地空旷。

幼鸟第一次走出了家门。

在第一场风浪中学会了飞翔。

那棵桑树,是它们歌唱和停泊的小港。

鸟巢

院中的榆树上,两只麻雀的呢喃点亮晨光。

飒飒绿叶曼舞。当密叶深处的鸟巢显现,一些树的秘密泄露天机。

那是麻雀的家。

四只幼小的麻雀伸长脖颈,嗷嗷求哺。

鸟爸爸站岗放哨。鸟妈妈嘴衔青虫。

鸟妈妈育鸟的姿势像人类的母亲。

鸟用树杈支撑起了一个简单而温馨的家。

同样是家,麻雀的家是真实的。

羊·绳子

一棵树,一根绳,一只羊。

羊和树是绳子两头不同的事物。

树静止不动。绳子放牧着羊。

羊啃食树下的青草。青草在羊的践踏下沙化。留下草的阴影像一面镜子。

羊绕着树转圈。树将绳子一圈一圈收紧。阴影越来越大,羊活动的圈子越来越小。

羊就像天空的云朵。

最终,羊成了人们餐桌上的菜肴。

绳子的一头还是树,而另一头又有了一只羊……

蜻蜓

白露节的下午，我邂逅那只蜻蜓。

在园中的一片泛着绿意的叶上，寻找归属。

微风带着寒意摇动叶片，他透明的羽翅颤抖着。

秋的寒冷缀满翅羽。

它奋力鼓动透明的羽翅想飞离叶片。

天空那么遥远，它的视线拉长了天空的距离。

它安静的双眼望穿秋色。眼里出现了自己曾经翱翔山野，历经风雨的画面。

徒劳无功，一只透明的翅膀折断，轻轻地飘落尘埃。

蜻蜓一次错误的旅行演化成了悲哀和无奈。

再次见到这只蜻蜓是在次日的早晨，他的生命已经陨落。

只留下一个透明的梦，凄美。

蜻蜓的生命消失在幽深的秋色，就像跌落的一粒尘埃……

蜘蛛

蜘蛛依靠角落的两棵树,把一张精致的网布在空中。

自己扮演姜太公的角色。

一只飞虫试图穿越这座透明的城堡。

网在颤抖中杀机展开。飞虫愈挣扎愈痛苦。

蜘蛛将诡诈的死亡夹在一根根丝线中。

恐怖透过丝线罩住小飞虫。

蜘蛛从角落爬出来,将一根针扎入飞虫体内,飞虫变得
像一粒动物玩具。

死神的尖叫定格奈何桥,一张网扮演了一座坟场。

触网的魂魄碎裂,声音在风中响起……

蜗牛

雨后天晴,蜗牛顺着墙壁涂写脚迹。

弱小的身体负着重壳,贴近墙壁的目光即使再长也前路未卜。

他升壁的姿势如负重走山路的山夫,留在道路上的印痕是一根长长的绳索,缠绕着他矢志不渝的乡情。

蜗牛的可敬之处是,矢志不渝,涎不尽不止。一旦到达极点,就是一次生命的海拔。

而贪人,也有海拔——追名逐利,身不死不休。

蚯蚓

蚯蚓是这个春天的早产婴儿,强光刺伤了它的眼睛。
受惊的躯体卷曲一团。
百足之虫,死而不僵。
与世无争。宽容大度。

一只鸟站在树上,虎视眈眈。
一张渔网把地上的生活搅得动魄惊心。
诱铺鱼类是蚯蚓的最终命运。
而竞争,总在黑暗中进行。

在大地上,蚯蚓是最能忍受伤痛和肢解的弱者。

黄昏·牛

暮色洒满一棵并不年轻的大树,黄昏的色彩像落叶飘落无声。

一头老牛低头啃食草根,无语而安详。

春潮远去,银河迢迢。

千年的思念,千年残缺的梦。

夕阳下,山盟海誓如落红散尽,情舟难度。

疲惫的老牛舔尽如血残阳,斑驳的毛发遮掩不住曾经拉犁的印痕。它以反刍的姿势幸福地穿越沉重的日子。

夕阳下的老牛,成了离村庄最亲近的生灵。

梦的深处,响起一声尖利的鞭哨,穿透灵魂落下一片金色的远方……

烟柱

蓝天下,红白相间的烟囱耸立穹苍。

烟云飘逸成花朵。

朝阳栖落云上。美丽、迷人。

一群白鸽旋舞烟云,鸽哨清亮。

寒冷裹紧树的胸膛,凝霜闪着寒光。

母亲。孩子。三轮车。自行车。

孩子的自行车牵引着三轮车,母亲的嘴里吐出白烟。

冰冷的汗悄然滑落。

一辆轿车飞驰而过,烟尘卷起的雪末,刺伤了阳光的眼睛。

冷空气流动迅疾,面无表情。

而那片空虚的花朵已经高过云层,愈来愈远……

高原·脸

一张脸。一幅古铜色的高原图册。

脉络纵横交错,岁月交替更迭。

那些群山沟壑,那些草原毡房,那些牛羊的风尘仆仆,那些骏马跋山涉水的坚忍,那寒风中移走的孤灯,那些朗月下的忧伤,那些荒原上苍凉的泪水……

他觉得,都可以天马行空,歌声飞扬。

他觉得,他可以说清一片草原的博大深远,他可以驱赶一匹马翻越千沟万壑,如履平地。他可以闭着眼睛说出九曲十八弯,他可以凭着一声口哨,找回一只走散的羊,凭着一首牧歌和草原融为一体……

而此时此刻,那一盏红绿灯指示的路口啊,成了他难以跨越的沟壑。

紧皱着眉头,表情凝重。始终弄不懂那不断变换的红黄绿,是该走,还是该停下来。

在这栅栏遍布的城市,他是一只迷失方向的羊。

肆无忌惮的喇叭声像一把把锋刃,毫无遮拦的内心涌动着红色。

操着生硬的语言,他说他要去医院。

在这个时刻,街上匆匆而过的舌头,长满锈斑,与现实保持着忽远忽近的距离。

就在转过弯往前三十米远的地方,就是街道的一个出口,还有医院的牌匾。

他觉得,在城市找到一个出口,比驱赶一群羊穿过九个沟壑难度更大。

抬起昏花的眼帘,他看见,一朵远方的云托着一个梦在高楼的缝隙匆匆跑过。

第二辑:心灵的家园

思绪如莲

一个多么明亮的日子。
面窗而立,时间打开记忆。
有关伊犁河的思绪就像键盘上跳动的音符,温暖着这个漫长
的下午。

阳光澄澈,静谧安详的气息滑过幽暗。
空气中流动着淡淡的花草清香。
伊犁河水从天山深处飘来,波光熠熠。
我看见一只水鸟掠水而过,双翅缀满歌谣。
我看见一尾鱼在水中自由游弋。
我看见一位少女,静坐对岸,手托双腮。
和风吹拂青丝,丝丝写满倾诉的欲望。
眸子柔情流淌。
而鸿雁远去,梦归何方?

一条西去的河,流水欢歌,涟漪轻摇。
脚踏砂砾,心中的纤指弹奏着红色的音符。
一次又一次,冲撞着命运飘摇的枝条。

一遍又一遍,洗刷着清幽的心空。

所有的时间和生命,附在凉滑的肌肤上,挟一路红尘,奏响漫天歌声。

一条久远的渡船破浪而来,闪烁着古铜的光芒。

冬不拉的琴声、都塔尔幽忧的歌唱、游牧的民歌、英雄的史诗,都在心中激荡、碰撞。

车辚辚,马啸啸,一个民族用坚强和苦难,书写了西迁的悲壮。

一条用"察布查尔"命名的大渠,凝聚成一座伊犁河畔不朽的丰碑。

歌声起于料峭的春风。

稚嫩的生命挺立潮头,积攒的心事鼓胀了晶亮的胚芽。

她来了,踏着柔软的脚步姗姗而来。

脸色绯红,眼神羞涩,肌肤光艳。

桃花红了,柳丛的鸟儿鸣唱着生活的颂歌。

遥远的地平线上,一层一层的绿色滚滚而来。

一位美丽的新娘,身姿袅袅,大桥绽放春的色彩。

所有的门窗打开,所有的笑容绽放,所有的希冀放飞,所有的心空明朗。

一首爱的歌儿就像天边飘来的甘泉,让人患上相思之苦?

祝福的仪式到来。火红的幕布开启。爱的幼苗在牧笛中成长。

轻轻地,告别那段儿时的童话,支离残缺的春梦。

自信的目光滑向路的远方。

激情早已灼烫炎热,欲望在生活的浪花里,义无返顾。

从一个日渐衰老的家园,一步一步,走进边城。

穷其半生的精心营造,营造出另一个温馨的家门。

父亲的烟袋被过滤嘴取代,故乡的炊烟鸟无踪影;

儿时的记忆,只在夜深时分打开,孤独地疗治着内心的创伤。

飞鸿无声,流火的岁月烤焦了满腔激情。

步履酸软,昔日的黑发日复一日稀疏染霜。

仰天慨叹——青春渐远,鸟过无痕!

日子天高云淡。落叶如雨,色彩缤纷。

欣喜充盈着每一块饥渴的心田。

跋涉的苦涩远去,夏日的阴霾远去。

全身心地泡在收获的喜悦里,收割青春,收获汗水。

而,大地已走向肃杀。秋风瑟瑟。

我的年渐衰老的父亲,披着满身的慈爱和疲惫,正在落叶深处缓缓走远。

心宽体瘦。泪湿双腮。

心中酸涩,口却无言。

喜悦与伤感,期望与失望,生机与衰亡。

一个人。踯躅于人生的舞台。

旷野在放牧着悠远的笛声……

罡风凛冽。大雪飞降。

四野静寂。雁声渐远。

风在不停地哼唱着亘古不变的轮回。

能量聚积,希冀膨胀。

春的绚丽多彩,夏的炎热酷暑,秋的肃杀荒凉,冬的寒冷冰凉,所有的季节编码排序。

儿时的梦想,青春的热烈,中年的疲惫,暮年的沧桑,所有的人生轨迹都已复原。

何须探究力量的来源,何须慨叹命运的无常!

夕阳在河滩流连徘徊。

脚印深深浅浅,色彩斑斓。

一枚风干的花朵,静静地期待,续上那首诗歌的旋律。

一弯河水。浪花回旋。

多年前的那位淳朴美丽、心有灵犀的姑娘呢?

暝暝的河水。岸边花朵巧舌如簧。

与大地一起跳动的语言,如约而至。

写入心扉的记忆,永恒的,抹不掉,短暂的,远去了。

夜色朦胧。宁静归心。

河岸静坐的少女,笑声如莲绽放……

伊宁 我依恋的家园

伊宁,我美丽的家园!

当离别的脚步一步一步来临,我知道,这是我的天命。

伊宁,我美丽的家园,如果不是你,我怎么可能完成我人生的蜕变? 如果没有你,我怎么可能为我干涸的心田找到生命的绿洲?

游子肠断,百感凄恻。

在我的心里,我没有离开你,无论我身在何处,永难更改!

其实,多年以前,我就学会了沉默。我发现,一切都在变化,青春不再,而立之年不立,不惑之年仍惑,就像写下的文字,同样是生疏的,难懂的,词不达意的。

往事如烟,时光不再。刚刚踏上这片土地,那是一个数九寒天,青春的冬季。

在一个叫吉里格朗的沙场,我在四面透风,冷如冰窖的工棚进行人生的炼狱。

我每天足不出户,就像冬眠的动物。从那时开始,脚上的冻疮每到冬季就要敲打我隐秘的疼痛。

1988年秋,那是柳暗花明的季节。它改变了我的人生航向,我在一个单位度过了二十一年。

二十一年,我有了人生应该拥有的物质和生活。二十一年,我不再年轻,时间淘洗着生活,留下的是刻骨铭心。

二十一年,我的身心经受了痛苦,经受了外来户的歧视,经受了"绿卡"的折磨,而最后我不再漂泊……

在文学的道路上,我找到了了属于自己的风景。我淡泊了物质和金钱,清贫地活着。在这条路上,我体味到了思考和读书的乐趣,体味到了创作的艰难和苦闷;在这条路上,我遇到了志趣相投的朋友,他们是我的同行者和互助者,是我最宝贵的精神财富。

伊宁,我依恋的家园!

尽管我去的地方只有七百公里,可我却要与陌生朝夕相伴,告别我熟悉的土地,我将呼吸到异味的尘土,告别空气纯净的家园,告别伊犁河水的清冽甘甜,我将饮用涩味的自来水。想起来,我心中就割肉一样的疼。

临行前我去了伊犁河,看那红日初升的壮美河滩和雾霭缭绕的天山;我和朋友们去了夏塔,在烟雨蒙蒙中让疲惫的心灵得到洗涤;在果子沟,在赛里木湖,我心充满留恋和惆怅;在唐布拉大草原,在库尔德宁,我和绿草鲜花紧紧地拥抱;我还在汉人街留连了一天,再次感受了那里自然淳朴的民俗民风,再次看了那位卖芨芨草扫帚的老人;我在解放路的将换户主的楼房住了一个礼拜,闻着这里熟悉的味道,我说不出心中的惆怅和依恋;在一个敲打纳格拉鼓的地方,我听着鼓声入迷,我为那些和生活纠缠的人们感动不已,我屏声静气,盼望这鼓声永远活在我的心中,融入我的血脉;我和维吾尔族朋友握手说着"霍希",当松手的那一瞬间,有一种撕裂心肺的疼。

这是我的宿命,我注定要去流浪,让那强劲的旷野之风狠劲吹拂,让我的肉体疲惫不堪,让快乐和悲伤反复锻打,让我的心永远胀满深深的感动!

出城向西,过赛里木湖向东,最后到达一个车如流,人如蚁,水泥建筑如森林的地方,在这里,我将开始新的生活。在这里,我将前路未卜,我将独自迎接风浪雨雪。

咬咬牙抛下了我的亲人,我不流泪!

忍住眼泪告别我的文朋好友,我不流泪!

记着朋友们对我的关爱和叮咛,想着这里的山山水水,我不流泪!

朋友们为我安排了送行酒宴,我一步一步地倒退着离开。那么深情,那么无奈!

我走在路上。

伊宁,我美丽的家园!离别你,没有形式,就像秋天那片飘落的黄叶,最后被时间湮灭,远走异地他乡!

走在路上，文人作家的朋友们为我的离去表示理解和关注，而我的伊宁，你会觉得我根本没有必要离去，因为你的胸膛足够宽大，足以抚慰成百上千万颗驿动的心灵。

但，我有两个故乡，一个是我的左心房，一个是我的右心房！

伊宁，我美丽的家园，我永远都不会离开你，永远！

心灵的村庄

一个多么明亮的日子。
从下午 3:00 起,断断续续的记忆,像树上挂着的青果,钓起我
走散已久的往事。它们就像键盘上跳动的音符,温暖着这个漫
长的下午。

那首《故乡》的旋律,触摸到了我家乡的泥土。
比泥土更加坚毅的村庄,是我永远无法忘却的村庄。
山坡上埋葬着我童年的歌谣,
那童谣升腾在氤氲的意象里,激越深沉。
一粒粒汗水泡胀的粮食,育肥我日渐发福的躯体。
我日渐贫血的心灵,彰显出历史的透明。
是谁在絮絮叨叨?

一串跃动的音符,把一棵树移得很远。
树高迎风,飘落的叶片抚摸着村庄的皮肤。我手中挥动着的锄
头,努力像父亲那样,高高扬起、落下。庄稼像一粒粒生动的动
词,在田野里匆匆地走动。多么生动的颜色!

夕阳那边是我的故乡。
靠近故乡,满园的庄稼染绿我回家的日子,村庄在我心里开出
美丽的花朵。
一杯温暖的绿茶,将我所有的疲惫蒸发。
那挂在村口的大钟,无情地击打出灵魂的声音。一曲悠扬的竹
笛亲吻着我跳动的手指。
漂泊或者栖居。
都是人生的幸福。

我日渐模糊的眼神,将黑夜喊醒。
纯净如水的声音,滑向那个正在回家的女人。含在舌尖上的名

字，是我初恋的情人。
我的恋人像一枚淡青的树叶，闪烁在颤抖的枝头。我把你的名字连同那枚叶子一同煮进玻璃杯里，还原成生命的原色。
一滴墨汁的重量竟然打开了你少女矜持的心扉，笑魇如春。
我听到时光在飞速地奔跑。

一个打工仔在他的生命档案里，写下一串无法拨通的号码。
老板的心冷如钢铁。阳光曝晒的是你的名字。
十年前你来到这里，城市在生命里长出感情。
为了那张绿卡，你努力把自己融入城市。
热闹的街上，那些熟悉而又陌生的声音，始终满含着你的心事。
你说，既然来了，就随遇而安吧！
一张身份证流出一串晶莹的汗珠。
纵横交错的斑马线上挂着生命的红绿灯。交警面对举棋不定的你，大声喊道：你到底喜欢什么颜色？
一辆三轮车或者一个擦鞋箱放射的光芒，闪烁在城市的脸上。
铁打身板的你，背着行囊穿行大街小巷，只为希望变成现实。

鱼缸空在窗台上，里面从未养过鱼。
在我的眼里，它就是那个十八岁的少女。
随手翻开一本诗集，听到了久违的歌声，歌声牵动着我的心。
也许你真的比我幸福，也许！

写字台上的台灯，亮着。
那是我在想你。
我的梦还在，可你走了。

星星闯进我的房间。
不想你成了一件难以搁浅的心事。
我行走在自己的村庄，乡音就像一朵朵阳光在羽翼上飞翔。
流浪或者回忆。
都会让我的忧伤跑得更远！

宁静深处的片段

我离开家门，走上那条沿河的小径。

一些清亮的声音推开宁静的小窗，和阳光交换着心事。

河水潜伏着涨潮前的喧哗。

遍野残雪消融，一泓盈盈的净水映一方如洗的蓝天。

凝视一粒黄色的蒲公英，我看见一个人，在远处致意。

那些枯腐的杂草中，拱出片片新芽，风一吹，童年就开始了低吟浅唱。

穿过那片草地，含苞欲放的花朵憋足了一冬的激情。

岸边的柳枝嫩黄，一个个美丽的细节走出了三月的台历。

那只曾经遭到一场寒流伏击的蝶，空洞的身躯在草茎上吹响了春天的乐章。

一叶落叶载一只蚂蚁，正在度过生命的河流。

这时候，露珠展开遐想，透明的语言摊开透明的思想。

天空有杜鹃飞过，来路上啼血的歌谣多么像雨水淅沥而下，准确地击中一个心中的忐忑或者痛苦。

迎面走来的几个孩子，他们快意于一首爱的情歌，和声亮出一段浪漫而惶惑的青春。

而我唯一能做的就是，俯下身子，摘下那朵含苞欲放的小花，亲切地叫着一个诗意的名字。

四面吹来的风，潮湿而清凉。

正在复活的花园里，一些移民的花卉交头接耳着神秘。

一场雨溺湿的那尊雕塑，面目模糊不清。

就在我转身之间，一枚灵魂的火花对接了大地的苍茫。

一个十字路口。

无边的宁静，无边的岸。

在这里，我有四条路可走：
一条童年的回忆之路，可以让我返回本初的故乡。
一条身心的自由之路，我必须靠自力更生。
一条晦暗之路，就像沙漠尽头的海市蜃楼。
一条幸福之路，需要艰辛的努力，前途并不暗淡。
坐在人生的红绿灯下，徘徊良久，思想开始打盹。

一个村庄，很早的时候，就在这里扎下了根。
几个身着艾得莱斯绸的姑娘婀娜美丽，阳光清纯。
在通往寺院的路上，一位老人凭着祖先的记忆认出了我。
那些养育我的意象正在显现：欢乐的鼓声，狂欢的舞蹈，泛着洋
葱味道的鲜香的抓饭，还有存放在地窖中的白菜和土豆。
经历了风霜岁月，它们让我感到了家的温暖。

泛绿的旷野铺成了一望无际的纬线，鸣春的鸟儿穿梭而过。
漫长的日子里，那飘飞的羽毛跳跃成了时光琴键上的几粒音
符，伴奏着旷野和辽远。
此时此刻，我把这些迥然不同的片段连缀起来，变成了一片闪
亮而温暖的风景。

与城市无关的早晨

这样一个宁静的早晨,旭日多么的温暖!

静立窗前,双手合掌,任由我思想的触角伸进季节的深处。

我看见跑过广场的小男孩,一双小手正在滑过一片小草。

我看见那只错过季节的风筝重新飞上了天,在朝阳下向天空以远奔跑。

我看见远山之巅,万道金光穿透薄薄的暧昧和缠绵。

我看见不远处的几片黄叶,随风飘落,悄无声息……

一阵料峭的风轻轻滑过脸颊,冥冥之音说:那些叶片是我昨夜来不及翻身的梦。

在这个早晨,我想起了乌鲁木齐,想起了阳台上花开正艳的三角梅,想起了翠绿欲滴的君子兰,想起了正在黄透的金橘。

从伊犁到乌鲁木齐,他们曾经和我一起迁徙,它们闪耀的色彩里,融进我三年的相思。

在我迁徙的这些日子里,我没有故乡,故乡都寄宿在我迁徙的路上。

而我停歇的驿站,是秋风里候鸟的翅膀。

于是,我用我的柔情浇灌沉默。

于是,我用相思的明月拨动心灵的琴弦。

于是,我用眼睛打开一本书,用浪漫填满每一粒字符。

这些曾经注入我汗水的诗行,他们统治着我,统治着我生命的河流。

那么, 就让我回到宁静的原野吧, 赶在西伯利亚寒流到来之前,让我的心和我的河流,制造一条无限远的河流,直到天的尽头。

沿着暖流的方向,窗花化霜成水,就像滴落季节的眼泪。

而天空涌出的诗行,那是顽皮的石子在敲击平静之湖。

错过归期的大雁,望穿双眼,也无法穿越城市林立的楼群。

市声逐渐沸腾的早晨,一群一群的乌鸦,烧旺万家烟火。

一朵云,承接着天空短暂的暗,无法破译的苦涩随风而逝。

这是唯一没有红绿灯的十字路口。
变形的转盘把病态引向畸形的街道。
一些不安分的车辆浮现冰冷的微笑。
而我的穿黄马甲的兄弟,精神饱满,挥动的扫帚打扫着世俗的尘土。
那几只振翅飞起的小鸟,昨夜就宿在我的楼上。
就像几颗星星,镶进我的梦境。

一颗孤单的洋槐,站在废墟上。
四周的残垣把旧事堆积在一个又一个平凡的日子里。
一个沉重的路口。一位素不相识的老人,不紧不慢地把冷默添满行囊。
闪光的铁钩拉出一些生活的微粒,翻动着怀旧和伤。
而石块下的那只小虫,裸躺在一片枯叶上。
好好睡眠吧! 在这张发往春天的船票上,足够的票值将顺利渡你到万物萌动的季节。
就在我转身之间,远处钟声悠扬,和鸽哨一起掠过头顶。
一阵暧昧而浮躁的风匆匆而来,洋槐颤抖着。
也许就在明天,浮躁叠加的高楼将把这块地皮炒热。

我的眼睛开始发涩。
当这个冬天的第一场雪开始飘落,我就回味那些老歌,还有一些宿命的消息。
我曾经用我的双手,种植激情和沉默;我为一棵树的成长欢呼不已。
我曾经用微薄的薪水喂养我的旅程,我让我的灵魂浸泡在稚嫩而温暖的文字里……
我的目光沿着伊犁河上行,我看见我的足迹杂乱无章。
我看见河畔那些无法擦去的涂鸦,已经安居乐业。
而此时此刻,我愿意在一个小小的沙洲上,用胡杨支起屋架,用红柳做椽子,用简单垒筑一间小屋,再用沙枣的清香抹墙,在未来的日子里,我用大片的芦苇煮沸天山雪水。
只有这样,我才能摒却一切虚空的忧郁,只有这样,我才又回到了故乡!

寒风萧瑟，衣带渐宽，心思难言。

翘首回望，那些高楼模糊着尘土飞扬的来路。

此时此刻，面对一张表格，我朝夕相处的城市，我应当用哪一块门牌号填注我的住址？

大街上车来车往，可否有搭载我行李的一辆？

"世俗的宏伟就像空气一样稀薄。"突然之间，我浓缩了查普曼的一句诗歌。

在这样一个早晨，我把梭罗的《瓦尔登湖》立在玻璃上，让浑浊的生活，清澈见底。

思想对我说：静下心来吧，我的孩子，看看究竟什么最有价值！

一条船的价值

一条遍体伤痕的破船,倒扣在小河上。成了生命过河的桥。

这是故乡一条船的另一种价值。

船年轻时是站着成长的,站成大地一道绿色的风景。昼夜经历风霜雷电,茁壮着自己生命的同时,晚上吐出生命赖以生存的气体。成材后就倒了下来,受尽刀劈斧凿,漂泊成了一条船。烟波浩淼,乘风破浪,历经凶险。到了老年,船魂归故里,跪倒成了小河上的桥,一条超越土地高度的路。

生命踏着船的脊背走过,只知道一个简单的道理:踩着这条船过了河,便是成功的彼岸。

河上站着我的父老乡亲,他们以自己的方式使船的生命价值得到了延续。

民乐拾零

二泉映月：

走进这支曲子的意境，是在一个心情忧闷的下午。曲子低徊婉转，我的想象飞向远方。

民间艺人的悲愤与忧伤，在心中共鸣碰撞。悲凉从心间流出，溢满了城市的街巷。

阿丙，这个普通的名字因这只曲子在乐坛闪耀着光芒。然而在艺人的眼里，世界却只剩无穷无尽的黑色。

盲人阿丙用一把二胡点亮了漫漫黑夜，痛苦在他心中升华为博大的抚慰，生命之泉在心间汩汩流淌。

一个盲人阿丙创造的奇迹，成为人类的幸运，世界为之感动。

走进《二泉映月》，我看到自己生命的旅程矗立起精神的山岳、湖泊和森林。

高山流水：

一串恬静淡雅的乐音从古筝流泻而出，粒粒音符犹如清酒滑入心间，醇香绵长。

乐曲还原了伯牙和子期永结知音的故事。

美妙的乐曲让我的思绪停泊在那松风万壑的冥想之中。山间翱翔的鸟翅栖落着牧童短笛里的山野风光。我的灵魂轻轻地飘浮于高远的草原，草原发出情人般的絮语。

莽莽青山泻露的山溪，在充满诱惑的山崖，与风歌咏。

经受淬火的灵魂，显出清净，溢出山野花草的芬芳。

聆听《高山流水》，我的心灵栖居在诗意的远山中。

渔舟唱晚：

我的心灵从一粒曼妙的筝音开始，为想象的翅膀开道。夜色下，一群音符相依相随，灵魂升起一幅古典的湖光图画。

湖滨晚景随着悠扬的韵致在我眼前摇曳，落霞与湖水的和谐意境,燃烧成梦中的图画。

琴弦上淌出的桨声飞扬着那久远的渔歌。

一弯素月撩开绿树竹丛,我看到多情的目光,飘起在夕阳的山尖上。

浅吟低唱的心灵共鸣,让我的心境闲适宁静。

灵魂获得淡泊超脱。一扇心灵的小窗徐徐打开,吸纳来自大自然的通透之音。

苏武牧羊:

北海之滨的茫茫草原上,汉朝的苏武,放牧着匈奴的羊群。

羊儿肥肥壮壮,苏武瘦骨嶙峋。

一身象征汉朝的服饰,在风雪中已经褴褛。

北国的寒气荡起的却是使节不屈的民族尊严。

英雄高昂的头颅,时时眺望着南方。归鸿声声,肝肠寸断。

异族的威逼利诱未能低下你忍辱负重的信念。

滚滚热泪,化作故国山河的灯油,点亮那一豆不灭的灯火。

朔地胡笳,使节不辱,化成一曲震撼华夏的绝唱!

一截扁担

有关这截断裂扁担的典故消失并非久远，可是摔跤的粮食却不知去了何方。

就在上个世纪的某一天，这截扁担还在乡人的肩上亲密得咬出了深深的牙痕。为饥渴的心灵与肉体，挑出无限生机和期翼，颤悠悠中唱出悦耳的丰收歌谣。

虽然直到断裂也不肯弯腰，可是农人能理解，它给每一粒种子谱出的是真实的生命旋律。

我把这截扁担扔进沟壑深处，就像父亲扔掉的一只草鞋，任它沉入梦中，永不苏醒。

它不必梦想成为一截远古的化石，冥想以后在考古学者的放大镜下。

扁担只是做了自己该做的事情。人也一样，走过的岁月，仅仅是一个过去式，而期翼还在前方……

灵魂的家园

我无法进入二十年前的早晨和黑夜。
两小时的时差，黑白颠倒的秩序让我头昏脑胀。
每一粒鸟鸣在东八区的凌晨，都是我沉睡中的小夜曲。

这样的日子，我身在故乡，心在新疆，犹如身在新疆，总想
起故乡。
这样的日子，故乡总是大雾弥漫，太阳在黄昏发光。
我的状态总是滞留两个小时，思绪飘荡在新疆的蓝天，和
白云一起在游走。
这样的日子，我的双脚沾满黄色的泥泞。
那辽远和广阔，那天山的雪冠，那美丽的"后花园"，
在崎岖的山路上倒换时差。
这样的日子，我用忧郁的《黑眼睛》击中泪腺，凄婉的《阿瓦
尔古丽》令我归心似箭，坐卧不安 。
此时此刻，白杨深处的城，草原的毡房，苍翠的云杉，都是
我心田的一次次急救。

这样的日子，我写下一个有关地域的名词，我一直以为我
的左右心房，一个是四川，一个是新疆。
唯有这样的平衡，才能安放我灵魂的家园。

记忆中的乡镇

我记忆中的乡镇，不是今天的模样。

我记忆中的乡镇，没有水泥建筑和三层以上的楼房。

我记忆中的乡镇，一条小街，从东到西，青色的瓦房谱成一支节奏分明的古典乐谱。

我记忆中的乡镇，那条弯弯的小河潺潺，开花的渔网在空中罩住一朵朵太阳。

我记忆中的乡镇，一面依山，一面田畴交错，稻花飘香。

我记忆中的乡镇，可以夜捉黄鳝，提着油灯在水田行走。

我记忆中的乡镇，一座电影院，从那白色的银幕上，邱少云，黄继光，以及《少林寺》，不知不觉就进入了我的梦乡。

我记忆中的乡镇，从一扇石板店的大门开始，一扇门打开一个乡村以外的世界。

我记忆中的乡镇，阁楼在女人的呢喃中悠悠地歌唱，火红的朝霞映红喊山的号子，父辈的民谣送走晚霞。

我记忆中的乡镇，还有一位姑娘，笑靥如花，美丽清纯，差点就成了我的新娘。

我记忆中的乡镇，我沿着一条石子路出走，如今又回到故乡。

如今，我寻梦而入，又失落而出。

如今，我记忆中的乡镇，所有的意象都在穿梭的摩托，震耳的喇叭声中颤抖。

而夜鸟已经安静地沉入睡眠，那古老的情感留下一滴泪水，还在驻足停留，散发芳香。

此时，那一扇石板店的大门发出了沉闷的声响……

重温上学路

那是一条逐渐攀升的心灵之路。

此时此刻，长满青苔的石阶上，脚步轻轻，一粒一粒的回声叩击着记忆的门环。

往事历历，清晰，绵长。

那条蜿蜒山外的小路，薄雾在静静地流动。

从秋高气爽的一个清晨开始，六年时间，一个弱小的男孩，把一个背篓当战鼓，与一路风景一起歌唱。

以家为起点，二十公里，步行三小时，翻越五个山头。

幼小的期盼中，学会忍耐，学会沉默。

路很短，又很长。

一身星光，一头雾气。

大米、红薯、咸菜，一些薄薄的肉片。

记忆中，小男孩六年的每一个日子，都轻松而沉重，简单而富裕。

几多欣喜，几多心酸。

重走那条青石板小路，脚步敲打成记忆的图谱。

深沉而蜿蜒，漫长而短暂。

老屋竹林

此时此刻,老屋前的那片竹林,静谧,幽深。

嫩绿的叶在悠悠地歌唱。

一滴露珠在叶尖闪现一张稚嫩的笑脸。

一只很小很小的鸟儿,从睡梦中惊醒。

两只冷色的蝉蜕风干了知了的躯体。

那只青色的飞虫,还沉浸在二十年前那场有始无终的游戏。

每一缕微风吹过,都是我同伴轻轻的叹息,都有他们依依的留恋。

而我已步入不惑。

雾霭缭绕,情调缠绵。

庄严肃穆中,生命深处的笑声依然清脆。

从那片竹林开始,为我铺成一条回归之路。

黄角树

当我再次瞻仰他的时候,我沉默无言。

小街中的黄角树,端庄,谦逊。

哦,他是我生命中熟悉和敬仰的一棵树。

从石缝中长出,又在夹缝中挺直脊梁。

沧桑古老。四季碧绿。

岁月悠悠。风霜磨砺的躯干老茧开花,每片花瓣
都缀满小街的世俗风云,童趣天真。

每一声欢笑,每一粒忧伤。

凝视他,心海泛起层层波澜。

依偎着树身,一种锯齿游动的声音在瞬间膨胀,
忧郁开始拉锯我的骨头。

阵阵风过,刚健和蓬勃力透树干。

冥冥之中,一个虔诚的灵魂在游动的岁月里忧
郁地挣扎着……

升子

在老家,木质的量斗俗名叫升子,上口大,底小,容量为四升。

此时此刻,它躺在墙角,张开的大嘴默默无言。

几粒谷物的影子,留在升子深处,那些摇曳的白昼和黑夜,放慢了脚步。

静静地凝视升子,时光开始倒流。

一扇大门开启,情绪饱满。往昔郁葱。

在那个特殊的年代,每一粒粮食都要量入,量出。

量入的是岁月,量出的是时间。

时间越来越轻,留在升子里的岁月越来越重。

蚊帐

蚊帐是老屋的床第之物。

多少个记忆中的夏日,人在帐中,蚊蝇在帐外。

蚊蝇呜呜嘤嘤,人在帐中安然入眠。

帐内。帐外。

帐内有奶奶留在耳边的呢喃,帐外有一个人的脚步在
徘徊。

帐内和帐外,加法的减法。

增加的是岁月,减去的是生命。

母校意象

吊在树上的钟：

吊在树上的一口钟，依然年轻。

钟声悠扬，鲜活着我的记忆。

回望来路，一位中年人走在值更的路上，那高高举起的愿望，被一根铁棒敲打出时光的跫音。

闯入梦中的钟声，苏醒着一张张稚嫩的小脸。

立正，向右看齐，向前看，稍息——

"第六套广播体操"始于清晨六点整，悦耳的旋律敲碎晨的寂静。

山谷回声阵阵，擦拭着"恰同学少年"的每一粒音符。

一只夜莺拍打着翅膀，开始复述学校的语言。

从一串悠扬的钟声中开始，琅琅书声是学校的母语。

园丁的声声叮咛，总在午夜的钟声后化梦入眠。

日复一日，钟声温馨着我的中学生活。

年复一年，钟声填满了我空白的纸页。

其实，吊在树上的那口钟，她是一个直径40厘米的中空圆形铁柱。

她有一副不知疲倦的歌喉，悠悠的钟声丰满着学子的翅羽。

她像一枚螺丝钉，在我漫漫的人生路上，闪闪发光。

发电机房：

发电房位于母校的一个角落。

一间青石堆砌的小石屋，散发着机械油的香味。

屋顶的一片青瓦，浸满风霜。

此时此刻，时光慢下来，暗淡的色彩，映出一张面庞，和蔼坚强。

他弯腰摇转启动手柄，油污和汗水擦亮一个个漆黑的夜晚。

发电机的鸣唱传递电流，灯火燃烧着欢乐。

二十二年，如蜻蜓点水。如今，他已风烛之年。

那么，就让自己融入小石屋的一部分，就像那满墙的青苔。

那么，就让自己化作一束电流，点亮生命的灯台。

我看见,那棵小石屋旁边的树,在季节的合围中,缓缓地拔节。
站在时光深处,我看见,那台发电机,还在隐隐地轰鸣着。

食堂:
学校食堂,生命的一个加油驿站。
那个巨大的蒸笼,直径三米。
人工起吊机的链条发出粗重的喘息。巨大的木质笼盖升起,落下。落下,升起。
烈焰映红两张脸膛,腾腾的蒸汽散发出五谷的清香。
当一串悠扬的钟声响起,两千脚步汇成一条轰鸣的河,朝着一个方向。
一个班级,一个大木桶。五十六个饭盒,育壮着一根根稚嫩的脊梁。
铁打的校园,流水的学子。
那两位安分守己的火夫,在忙碌中收藏往事。
废弃的食堂静静地站立着,而那尊直径三米的蒸笼,洞开没牙的大嘴,目光安祥。

水塔:
水塔在发电房的右侧,青石砌成,青苔满身。
风雨移动,水塔不动。
时光的利齿磨圆了他的棱角。
一根自来水管从他的身体引出,像一根脐带延伸到不远处的洗涮池。
二千学子的生活从这里打开,水流清清。
水流的现在进行时,在这里稍事停留。
洗涮。淘米。解渴。
生命之源开出一朵朵文字的花瓣,流动的字行填补着心灵的空白。

玉江河:
玉江河和母校连在一起,连成一条生命的河。
拦河坝上镌刻着墨迹,字字珠玑。一位伟大的诗人,到此一游。
曾经,玉江河从我生命深处缓缓流过,鱼儿自由游弋。
曾经,"大江东去,浪淘尽,千古风流人物"的意象敲击心坎。到"中流击水"的豪情溢满胸怀。

曾经,我从四米高的巨石跃入河水,拍出浪花一朵。

曾经,河水温柔,轻轻抚摸着我的创伤,那多情的浪花,随命运一起,深入血脉。

如今,这不是我的玉江河。

我的玉江河没有水葫芦,河面洁净,河水清澈,鱼翔河底。

我的玉江河很年轻,她仍然在"恰同学少年"的路上与我同行。

我的玉江河,不是一潭死水,那弯弯的拦河坝飞起的瀑布仍在幽幽地歌唱。

我的玉江河,岸边草色青青,染绿着我人生的驿站。

哦,玉江河,一条圣洁之河,在生命深处静静流淌。

缕相思漫风尘

清明冷清,一堆堆火焰映红脸膛。

缅怀与悲戚化作轻烟,尘世的碎片载着聚散离合走上黄泉。

生命的钟摆慢下来,凝固的微笑如万根钢针,根根锥心。

城市的霓虹灯闪闪烁烁,这样的夜里,哪一盏正在怜悯生者的悲戚?

凝视一张照片,痴痴地。

明眸亮丽,玉指纤纤,微笑依旧。

而生命的肉体却化作一缕清风,一朵云……

时光已逾三年,想起出殡的日子,想起走动的人群,想起撕心裂肺的恸哭,想起飞扬的雪花,想起呜咽的朔风……

旋转的生活像一幕幕戏剧,如今却人去楼空。

那些名利相争,那些尔虞我诈,都不过是过眼烟云,转瞬成空。

红尘辉煌,生命如纸。

挡不住的忧伤,还在脸上闪烁着泪花。

红装素裹,亮丽清纯。

在这样的夜里,我在用文字接你回归。

纸灰飞灭,笑靥如春。而我强忍着泪水,纵有千言万语难诉凄恻之情。

生与死相聚在奈何桥头,走过去,一切都圆满了。

城市上空那只招魂的鸟儿正在一个高度飞翔。

万家灯火,不知哪一扇窗还在等待一个人的开启?

而长满藓草的心呢?是否也会在春光中明媚起来?

清雨纷纷,心境落寞。

缀满白花的车队,纷纷扬扬的纸钱,吹吹打打的哀乐,敲得人的胸膛生疼生疼。

一粒灵魂即将安放在黑云密布的洪荒之地。

哪里有云霞缭绕,鲜花盛开,哪里有鸟儿的鸣唱供你居住?

河畔的那座庙宇,香火兴旺。
袅袅烟雾,虔诚中是否有灵魂的默契?
那位手捧虔诚的女孩,淡雅飘逸,踟蹰不前。
也许,河流的尽头就是她的企盼。也许,流水胜过缥缈的清烟。
也许,她只是捧着一个心愿……
而此刻,水声低沉,默默无语……

尘缘如梦,过客匆匆。
生命苦短,人若微尘。
天下筵席,聚散分合。
而存世之人,唯有相思之痛,岂能淡然而去……

第三辑:生命的散歌

哈萨克族民歌:故乡

黄昏的草原宁静深邃。和风送来歌声,一波未平一波又起。

此刻,一骑骏马走在还乡的路上。

大鹰泊在天空,羊群在缓慢地游弋。

百灵婉转,群鸟扯起一片风景。

晚霞燃起激情,彩云朵朵漫步天庭。

白色的毡房,浓香的马奶酒。

缕缕炊烟扶摇而上,听一种风的语言。

没有世俗的鲜花,也没有掌声。一切在宁静中沉寂,又在宁静中滋长。

哈萨克少女亭亭而立。两泓清澈的眸子,两汪晶莹的湖。

洞穿夜色的深沉,我进入一首歌的心脏。

我看见,雪山上那朵雪莲白过白雪。

草原儿女的心,被隐藏在一首首民歌中。

冬不拉的琴声,羔羊的和鸣。

游牧的毡房,转场的驼铃。

雁来雁往,岁月催人。

一曲《故乡》,天涯咫尺。

一曲《故乡》,点亮黑夜。

一曲《故乡》,在草原深处,总能找到梦生根的地方。

宁静或者漂泊

这是雨后的早晨,清亮的鸽哨捧出了纯净而美丽的朝阳。
彩霞满天,祥云飘飘牵动遐想浩淼无边。
远山以远,雪之巅雾岚飘渺,时光的影子大隐于尘世。
此时此刻,大地宁静!

一粒虫鸣在旷野穿越时空。
一只雄鸡的啼鸣唱白天下,那扶摇而起的炊烟拉长了村庄的意境。
一串狗吠追着梦的尾巴,喊出了一些耳熟能详的农谚。
向日葵向着东方,挺起头颅,坚定着内心的信念。
此时此刻,大自然慢慢地敞开胸怀,微风轻柔曼妙。
草原深处的奶香滋润着绿色的梦想。
山坡上草色青青,冬不拉琴声伴奏着纯朴的记忆,回声悠悠。
几只羊闲庭信步,时不时轻啖一口唇边的小草,一声声马嘶牛哞滚
过草尖,晶莹的露珠笑意盈盈。
随着一声清脆的牧鞭响起,悠长的牧歌上路了!

正午。树叶过滤的阳光穿透浮尘,祥和漫漶大地。
一页一页摊开的稿纸,通向村庄的小路。一些马车在方格上行走,
叮当的驼铃唤醒文字的灵魂,喜悦满纸飘香。
一只鸟儿轻轻地滑过,平平仄仄的音符,在蓝天交响,乐音飘渺。
宁静的大地深处,怀孕的玉米高举着生命的花蕾,风韵迷人。
两只蝴蝶,在花丛中比翼齐飞,粉红的翅膀熠熠生辉。
热恋的情歌从远处的葡萄架下飘过来了,散发着青春的活力。
一群孩子戏水如鱼,几个猛子扎进水里,童年的快乐水波荡漾。

这时候,树上的鸟鸣渗透树的心脏,一枚黄叶闪闪发光。
简单的抒情拍打着命运的纱窗,温柔而清丽,寂寞而宁静。
一些朴素的语言轻轻穿透耳膜。
谷物的味道熟悉浓稔,瞬间就击中了人性最软弱的地方。
此时此刻,走在秋天的路上,人生的音符丝丝缕缕。
一个人的日子在不断拉长,也在不断缩短,每一天……

黄昏。火红的晚霞重复着早晨的某个时辰。

向上,或者向下。

童年吗,或者返老还童?

在我抬头之间,天空云卷云舒。

那些倦飞的鸟儿开始滑翔,向着各自的巢隙。

远嫁了花朵的树,寂寞空对一弯素月。

误入城市的麻雀叽叽喳喳,莫名的语言击伤了茫然而热烈的心灵。

一天的疲惫塞进提包,远处的避风港等待着游子的归航。

路上脚步匆匆,末班车已经走远。

此时此刻,沿着相反的方向,霓虹灯性感地闪烁。

昼伏夜出的夜莺亮开歌喉,开始了欲望的歌唱。

在这座城市,灯红酒绿缩短了一个人的生命旅程。

前进或者后退,功利的大门次第打开。

城里的道路铺满金钱,也落满尘土。

此时此刻,那些失去方向的候鸟,东游西荡。家园驮在翅膀上,一起漂泊,一起流浪。

此时此刻,在一个街道的拐角,他们靠着内心深处的故乡,乡音化解开泪水,相互安慰,相互取暖。

一盏暧昧的灯光下,透明的高脚杯晃动着月的影子。

人生的雨季到来了,雨水涟涟。

不知明天的早餐在哪一个角落盛放?更不知行李会将安置在哪一个门牌号上。

"我想有个家,一个不需要多大的地方……"

把肉体放在那床泛着汗味的网絮上,漂泊的心躲过了一群乌鸦的袭击。

随遇而安吧!

菩提本无树,明镜亦非台。

美丽的夜色过后,一轮朝阳将会重新升起。

哈萨克族民歌:婚礼歌

歌声鼓满风帆,冬不拉的琴声萦绕山梁。

我的哈萨克妹妹,为你弹唱的歌儿怎么就那么挂肚牵肠?

待嫁。劝嫁。送亲。歌声有喜有忧。

挤奶。擀毡。刺绣。歌声有苦有甜。

放牧。转场。走马。歌声有散有聚。

雄鹰的羽翅上始终有歌声在飞翔。

歌唱劳动的艰辛,歌唱游牧的平凡!

维吾尔族民歌：黑眼睛

　　黄昏的葡萄架下，忧郁的歌儿伴着萨他尔的琴声流淌而出。

　　回味初恋，甜如蜜糖。

　　无尽思念，揪心断肠。

　　哦，黑眼睛。此刻，一个人的心滑进了你无底的深潭。

　　哦，黑眼睛。此刻，一个人的诗歌开始向着田野进发，躁动不安的心事，搁浅于一张洁白的稿纸。

　　哦，黑眼睛，黑眼睛！

锡伯族民歌:沙枣树下

伊犁河水养育的沙枣花格外芬芳、迷人。

伊犁河猎鱼的歌谣总是唱响在黄昏的沙枣树下。

是因为西迁的悲壮吗？是因为兴安岭的巍峨吗？是因为松花江的雄壮吗？还是因为乌孙山的水乳相融？

车辚辚，马潇潇。向西。向西。

拖家带眷，餐风露宿，历时一年四个月，那是何等的壮举啊！

坚韧与博爱，屯垦与戍边，忠贞与思乡。

一代又一代，不屈的民族，铸就世代的伟业。

滔滔不息的伊犁河水，勇往直前。

所有的辛酸，所有的欢乐，所有的梦想，所有的乡愁，化作一支《沙枣树下》，漫向乌孙山！漫向一望无际的碧野！漫向滔滔不息的伊犁河！

而沙枣花，是开在伊犁河畔的精神之花。

朴素而美丽，简单而丰富。

细君公主

温柔富庶的江都大地养育了绝色天香的细君公主。

家庭不幸,却遇开明之君。天资聪颖,学而不辍,终成能诗善文,精通音律的江都才女。

带着汉朝抗击匈奴的使命远嫁异域,为和亲立下汗马功劳。

"西去长安九千里",穹庐为室肉为食,以旃为墙酪为浆,你怀抱琵琶解乡愁。可惜身葬异域,芳魂永留边塞。短暂一生饱经荣辱与酸楚,生命的价值却虽死犹生。

"愿为黄鹄兮归故乡",瞻仰你往昔的芳容月貌,那千古绝唱的琵琶声里仿佛还在流淌着你不休的梦想!

汉家公主纪念馆,使你的灵魂在伊犁有了家,伊犁河畔是你永远的第二故乡!

解忧公主

出生于富贵之家,多舛的命运磨练出汉家公主的英烈之气。

儒家正统思想的深度影响,使你坚信"和亲政策"会成为汉朝乌孙世代友谊的桥梁。

天降大任于斯人,为了国家边关长久的安宁,你以大将出征的豪气,西出阳关,穿越河西走廊,远涉异域天山,来到伊犁河谷,继细君之后再嫁乌孙王。你坚信"和亲政策"会成为汉朝乌孙世代友谊的桥梁。

入乡随俗,你把牧歌和羌笛,草原和毡房,烈酒和马奶,冰川和雪原,一寸一寸融入你的血脉。

你以你的智慧和机敏,横跨骏马,驰骋草原。

面对异域王室斗角勾心,血雨腥风,你明察秋毫,运筹帷幄,斡旋于宫室。边关从此狼烟尽消,汉朝乌孙水乳与共,终成大业于西域。

红颜出国五十年,你魂归故里,香留伊犁!

生命的跋涉

这个春天,冷暖无常,寒潮不断。

前天那场大风抽干了牧草仅存的潮气。

远处以远,灰暗的色调向着阿扎提的冬窝子漫溿而来。

他看见,一朵走散的云轻轻飘过。一只孤单的鸟贴着地面飞翔。

一枚草叶缓慢地移动着。

一群牛羊散慢地踱着步。

等待。转场。

远涉的气息弥漫了冬窝子的每一个缝隙。

阳光温暖的早晨,三峰骆驼静静地卧在门前。

阿扎提的两个儿子,把一个家捆扎成儿包行李。

馕坑前忙碌的身影是努尔古丽,阿扎提的妻子。

炖肉的味道在空气中飘荡着。

此刻,冬窝子的所有生灵,都支起耳轮,聆听有关绿色的信息。

拧紧冬窝子的房门。铁皮和石头盖住了馕坑。

一匹枣红马,绕房一圈。

望着一年比一年提前搬迁的冬窝子,阿扎提满眼忧郁,满眼无奈。

那条通向外面的土路上,200多只牲畜移动着一个巨大的烟阵。

牧羊犬神态轻松,精神饱满。

两个儿子,尖利的口哨修正着前进的队伍。

阿扎提、努尔古丽,以及骆驼背上移动的家。

正午的阳光倾泻在土路上,风尘扑面而来。

第一个夜晚来临了。峡谷深处的小河静静地流淌着。

星月皎洁,寒风刺骨。

牧羊犬慵懒的吠声此起彼伏。

牛羊绕着毡房,沉沉入眠。

寒风钻进毡房,冷空气和炉火的温度凝成水珠,和心跳一起嘀嗒作响。

羔羊围着炉火取暖,毡房阴冷潮湿。

牧民的呢喃掉进了冬不拉的琴声中。

在这个美丽而又暧昧的晚上,河湾交织成一幅古老的游牧画卷。

满眼积雪,雪路茫茫。

车来车往。畜群走在峡谷深处的公路上。

两只头羊陷入雪坑,扰乱了队伍前进的步伐。

阿扎提救出头羊,爱怜之情溢满脸颊。

那几只春羔倒下了,叫声奶味十足。

又一头母牛倒下了。

伸长的脖子朝着草场的方向。

暗淡的天空,暗淡的日子。

默默抚慰着受惊的魂灵,他的耳边响起了急促的脚步声。

起风了。寒流提前到来。

雨水夹着雪花。呜咽声声。

融雪积水。薄冰。路面冰冷、光滑如镜。

远处雪崩的声音,路基下冰层的断裂声,牛羊的叫声,汽车的喇叭声。

每一种声音都敲打着阿扎提的心坎,每一种声音都牵扯着绷紧的神经。

几只乌鸦穿越雨雪,叫声冰冷刺骨。

停下来吧,明天再走。

雪停了,风更紧。

一道生命的潜流在缓缓地移动着。

翻过达坂,就是胜利!

五只怀孕的母羊倒下了,还有未曾面世的小生命,永远。

寒冷和饥渴耗尽了她们的体力,散大的瞳孔写满失望、无奈、怨恨。

滑倒,挣扎,滑倒,挣扎,步步艰难。

粗重的喘息。冬羔的叫声。

达坂在一群生命的挣扎中颤栗不停。

凝固的夜幕挤压着白色的山岭。

沿途躺下的生命模糊了阿扎提的意识。

死神的声音在耳畔叫嚣着。

模糊的畜群,模糊的雪地,身边的妻子,前面的儿子……

这是第十天的凌晨,风声一阵一阵。

50多条生命留在了达坂以下的路上。

远处的草场静寂辽阔。

眼前的春夏牧场,牧草在雪水中泛着淡淡的绿色。

阿扎提默默无语,满身的疲惫,满眼的凄凉。

而那远处的天边,一团黑色的云正在缓慢地移动着。

新的一场寒流就要降临。

第四辑:在低处飞翔

身在异乡

打工妹的身影出现在晨曦初露的早晨。

一个装满各种旧物的编织袋挂在胸前，身子像一根负重的扁担，一头挑着父母，一头挑着子女。

她谋生的工具是一根闪烁着光芒的铁制爪钩。

几张面孔在阳光下显影，她迎着晨光将命运和信念重叠，道路上留下一双坚实的脚印。

在一个希望闪烁的早晨,汽车喘着粗气将她和故乡的距离拉成绵长的相思。

从此,老家变得那么遥远,遥远成了电话那端亲人挂在嘴边的乡音。

望着街上哗哗流淌的自来水，她想起家乡屋后那口幽深的老井。

井里流淌着她的血脉,井里装着一村人的声音、相貌、肤色和眼神;井里是乡村记忆深处的纪念碑。装着这座纪念碑她"背井离乡"。

那张近似于生存通行证的城市绿卡，时刻牵动她敏感的神经。

薄薄的卡片，辗转成难眠的心病。

血泪和汗水的叠加，化成一张无形的大网，网住了她漂泊的翅膀。

生命化成水，滋润干涸的灵魂。城市接纳了她，可她仍然是身在城市的乡下人。

城市彰显出晦涩的个性。

劳务市场就像沙丁鱼罐头，密密集集，水泄不通。

她的择业范围总是和下水道、厕所这样的工种连在一起。

不拖欠工钱，是使用频繁的词汇。

可到了岁末年尾，工钱仍是水中晃动的月亮。

城市冰凉的夜晚，他们聚在一起，乡音是那么的亲切和温暖！

她的灵魂像失去巢隙的鸟一样飘荡在城市。

可她的呼吸始终栖居在乡下的绿树丛中；栖居在蛙声如潮的田野间；栖居在炊烟袅袅的乡村晚景中，栖居在其乐融融的天伦中……

月色依旧，人是物非。

城市何处是她栖居的巢隙？

走在充满蒺藜的路上，一阵风吹过楼层，她看见一幅窗帘梦呓般的飘摇。

一只停在树上休憩的乌鸦突然飞起，带着尖叫。

一个声音说：前面一定有阳光之地。

阳光在获得劳动和财富之余，照亮梦想、飞翔和智慧，逐渐逼向灵魂的深谷和宁静！

微尘飞扬

走进榆树沟煤矿,是在七月的一个早晨。

通往煤矿的那条路上,微尘飞扬。

一辆卡车满载煤末,尾部的粉尘卷起一条长长的烟雾。

此刻,金风扑面,阳光炙晒大地。

山脚下的煤场,黑色的煤块滚滚而下,砸进车箱荡起回声阵阵。

两根冷色调的铁轨,从地面延伸到大地的深处。

深入大地深处的欲望吞食着矿工的汗水。这个夏天变得异常的炎热。

五个煤斗从井口缓缓驶出。

两个矿工,全身染黑,浅浅的笑容掩饰不住劳作的疲惫。

没有拉纤的号子声,却有人驾着铁马在跑。

没有雄鹰高翔头顶,却见山谷升起一团红色的火光。

一对麻雀停在电线上,嘴里呢喃着乡村的语言。

一只蝴蝶孤单地,飞起又落下。

就在我凝神之间,只见煤场微尘飞扬。

一个小男孩

一排矿工宿舍在煤场的一旁，尘土飞扬。

一位母亲站在门口，滚沸的油锅里滚着几根油条。

一个小男孩站在旁边，拖起一根就跑。

无奈的责怪充满母性的爱怜。

小男孩就这样闯入了我的镜头。

他稚嫩的脸上写满天真和好奇。

走在一条上坡路上，我在前，他在后。

我停下来。孩子停下来。

一溜光滑从脚下伸向下面的土路。那是孩子的天然的滑道。

小男孩顺势而下，相机的速度无法抓住那童真的一瞬。

装载机从远处开来，驱赶他的同时铲起一斗土。

头顶飞过一只斑鸠，鸣叫声从丹田深处发出。

此时，阳光躲进了一朵白云。

矿工之妻

洗衣的女人是矿工的妻子。

早晨上身的浅色衣服,随着身体的抖动,黑色的微尘飞扬。

白花花的水从一根水管流出,洗涤着空气的燥热。

一个硕大的塑料盆。一块搓衣板。半袋颜色暗淡的洗衣粉。

一把掉毛的秃刷上下移动,研磨着一件微粒深入纤维的衣服。

汁液在搓板上缓缓流出,塑料盆中装着半盆墨汁的黑。

汗水在女人的脸上划出几道皮肤的颜色。

"这样的衣服好难洗啊!"

我笑笑,话到嘴边却不知从何说起。

一股汗味沁入肺腑。五味杂陈。

空气中流动的尘埃,梦想在不断地攀升。

头顶一方黑色,挡住了太阳的炙烤。

矿工

他坐在对面。头上一盏矿灯放尽了所有的能量。
眼神呆滞,脸上记录着矿井下十四小时的疲惫。
身上的衣服挂满煤的黑色。
就在他起身之间,凳上的印痕清晰刺眼。
桌上的菜肴散发着诱人的浓香。
他说:不想吃饭,就想补充欠下的睡眠。
一个入时的女人是他的妻子,手里拿着手机。
女人正在安排工作以外的工作。
生活的琐事憋足了怨气,短暂的温存夭折。
他放下筷子,走进一间闷热而冰冷的宿舍。
在那里,身体搁在一张硬板床上。
宿舍的孤单和宁静陪伴着疲惫的身躯。
头顶的蛛网网住一只飞虫,另一只依依不舍地煽动着翅膀,抖
落许多微粒。
他的体内蠕动着亚当和夏娃,精彩的时光片段逐渐滑向时间
的深处。
此时,旁边的宿舍传来麻将和女人说笑的声音。

一辆煤车走在风中

在榆树沟，我看见大面积的绿，连同那山的荒凉，闪烁着命运
的光芒。

那是被风唤醒了的旷野。田间的庄稼飒飒作响。

在阳光的照射下，视野空荡。

一辆马车从煤场走来，土路尘土飞扬。

车上的编织袋装满碎煤。两个巴朗盘腿而坐。

双目微闭，两面尘灰。

从丹田飞出的歌谣低音浑厚，高音悠扬。

歌声中，有十二个月亮，照耀着前方。

驼铃声声，敲醒了古道上的记忆。

一根马鞭耷拉在辕柄上，默默地打量着路上火辣辣的太阳。

马掌不知换了几次。熟记在心的只是曾经走过的路程。

煤场是起点，二十里以外的城市是终点，循环往复。

岁月过滤的精华在生命的年轮羽化为蝶。

那个下午，我看见梦在真实地飞翔。

歌声、马蹄声正在走向熟悉的远方。

牛奶车·农妇

夜的眼翳尚未褪尽，晨风清凉。

一只鸟欢快地鸣唱。

一声"奶——苏——"破空响起，吆喝声主题短而尾音长。

一辆送牛奶的助力车走在小巷。

浓的雾，热的汗。额前青丝漉漉。

从十八岁那年开始，她和我一起在岁月的年轮中爬行。

我住城市的一隅，十公里外的小村有她的住房。

一辆"二六"自行车是她结婚的嫁妆。一只奶桶伴她穿街走巷。

奶桶很小，小得仅仅能容纳 25 公斤的牛奶。奶桶又很大，大得育肥了我的十八载春秋，还有我已经十一岁的女儿。

她说：电动助力车真好，而那辆骑了十七年的自行车，退休了。

我看见，生命的年轮划伤了她粉嫩的肌肤，而美丽迷人的黑眼睛却更加深邃。

她一手接过市民的奶锅，一手擎起量提，洁白的牛奶拉出一帘瀑布。

没有银河九天的壮观，却有牛儿吃草献奶的鞠躬尽瘁；没有震天轰响的回声，却散发出浓浓的乳香。

那辆电动助力车走在小巷中。

"奶——苏——"，吆喝声划破晨雾，东边正缓缓升起一轮朝阳。

毛驴车·男人

披一身晨露，驴鸣声声。

一个中年男人。一辆装满大葱的驴车。

驴鸣在楼房间穿行，盖过了一辆汽车喘息。

这是居民楼下一抹靓丽的风景。

大葱的主人皮肤黝黑黝黑，车上的大葱胖白胖白。

农人的汗水化作葱的芳香，按摩着市民麻木的味蕾。

中年男人脸黑面子薄，开出的价格就像那车上的葱段，洁白透明。

三轮车·搬运工

一辆三轮车。一个搬运工。

三轮车是他揽活的工具,搬运是身体负重的移动,就像一只蚂蚁为了生存。

在建材市场,他把 300 公斤的瓷砖搬到车上。

身体拖动着三轮车,沿着灰色的路面向一座楼房移动。

一块巨大的瓷砖压在身上,身体弯成一张弓。

他在攀登一个高度,两脚交替攀爬。

"小心,小心",背上重负着城市人的嘱托。

从一楼到六楼。从六楼到一楼。

他每天都在攀爬不同的高度。

他能清晰地看到一张弓,却看不到自己弯曲的身体。

城市的台阶缺乏绿色,有一种不长植物的苍凉。

六楼的女主人递给他一张薄饼。

他发现,上帝就是那张梦寐以求的薄饼。

西瓜·看瓜人

西瓜堆在城市的一角。贴着标签，一公斤三毛。

看瓜人蹲在那里，就像一只巨大的西瓜。

一张行军床刻满时间的印痕。一床被褥就像一堆遗落的弃物。

他点燃一只烟，咳嗽声击穿了一个人心灵的哀叫。

一股汗的芳香，被炎热煮沸。

天空一只麻雀，用"忍"字拍打着翅膀。

一个孩子，叫他父亲。眼里闪烁着纯朴的光芒。

瓜摊旁的一个书包，装满孩子的希望。

摄氏 38 度的气温。城市血脉膨胀。

西瓜的红瓤，散发着清凉。

打焉的瓜蒂，已经记不清自己来自何方。

天空一朵云移动着。

看瓜人歪了一下，又歪了一下。

这时，天空响起了雷声……

房顶上的女人

黄昏的天空低沉沉,西边一块黑色的铅云从远处飘来。

女人抬起皱纹纵横的脸,眼睛忧郁地看天:"快要下雨了。"

身边站着的男人,是他的丈夫。抬头看天,神情漠然,踱着方步走开。

女人喊出屋中的孩子,她们抬来一架梯子。在房顶和地面之间搭上一座上房的桥。

女人提着半桶水,孩子将几铁锨泥洒入。女人的手在桶中转着圈搅动,合成半桶稀泥。

孩子扶着梯子。女人提着泥爬上了房顶。

女人眼睛望着房顶纵横交错的裂纹,一丝苦笑挂满两腮。

她的身子弯成一张弓,双手摸索着房顶的裂纹,像捡拾起一段她过去的岁月。

双手过处,纵横交错的裂纹慢慢愈合。

在一场暴雨到来之前,她的脸上终于有了一种掩耳盗铃的微笑。

额角的皱纹,洞穿了岁月的长河。

裹棉被的妇女

一位中年女人,满眼柔情。

她坐在三轮车的尾部,和那些新鲜蔬菜一起。

一床厚实的棉被裹在她的身上。

男人蹬着车,身子弯成一张弓。

一个常年固定的摊位,是他谋生的一个驿站。

男人在妇女的耳边小语,妇女不停地点头,脸上洋溢着满足的微笑。

男人开始迎接早晨的第一个买卖。

女人的眼神在顾客和男人之间切换,一半温柔,一半企盼。

不时有熟悉的顾客点头致意。

她说:塞外的冬天太冷。

她说:只有陪伴着丈夫才觉心安。也为不能为他分忧而内疚。

她说:两个人的漂泊就变成了半个漂泊,他们把浪漫和欢乐带到了路上。

她说:穿行在生活的巷道之中,有他做伴,青春不老。

她说:她希望自己的耐寒能力和自己的身体一起尽快好起来。

她说:远方的老人和孩子正在等待他们归航……

接过男人手中递过来的蔬菜,手有余温。

此时,清冷的夜色中,城市的路灯闪烁着昏黄。

早点·大学生

父亲和母亲。青春少女。

一口油锅，一方桌案。

油锅热气蒸腾，父亲手中的长筷在滚沸的油锅中翻动着。

母亲的双手在桌上忙碌着。

一个个圆形的米糕，一轮轮初升的朝阳。

收钱，装袋。少女笑迎顾客。

冷气飕飕，却有汗珠滴落。

一枚大学校徽，在昏黄的路灯下熠熠发光。

一家人以劳动的方式构成冬晨一幅最美的图画。

脸上溢满幸福和满足。学费在汗水中一点一点增厚。

晨光穿透薄雾，点点金光。

我发现，在这个早晨，他们的眼睛是那么的明亮！

拾荒人

拾荒人满身污迹,一根扁担挑在肩上,一头挑着废旧物品,一头挑着"家"。拾荒人白天走街串巷。晚上把家安放在楼房的阳台下或涵洞里。

一根铁耙行走在城市的垃圾点,保安的吆喝声气势汹汹,和他们脆弱的心智不成比例地较量。

拾荒人陪着笑脸递上揉皱的烟卷,保安鄙弃的目光将香烟洒落一地。

拾荒人僵在脸上的笑容结了一层霜,化作两行晶莹的水珠滚落脸颊。

"不是为了生活,谁愿四处奔波?"拾荒人的酸楚像孤雁的哀鸣,回响城市上空。

一群鸽子惊飞,鸽哨低沉而忧伤……

父亲的农具

背篓：

沐浴着风霜雪雨的竹子，摇曳成南方山村一道亮丽的风景。

竹子长到壮年，父亲将它剖成一条一条的篾片，经过一双巧手编织成了背篓，父亲背着它丈量山间的小路。

背篓失去了绿竹的颜色，父亲的双肩长出了老茧。

在一个雨的黄昏，父亲和背篓一起跌倒，父亲好长时间弓着腰走路，背篓被废弃在老墙的一角。

父亲站在夕阳里望着背篓，目光温暖而安详。

老了的父亲和背篓成了乡村夕阳下一抹纯朴的风景！

磨刀石：

磨刀石躺在堂屋前的水塘边，父亲用他的执着改变着一块石头的信念。

父亲用一把镰刀在那块磨刀石上磨去岁月的锈迹，刀刃在阳光下闪着光芒。

父亲拿着镰刀行走在早晨的田野，他为家中那头正在哺乳的母猪收割下了带着露珠的草叶。

人生是一条长长的路。

父亲在磨刀石上不仅仅磨快了一把镰刀。在我起床之前，一把锃亮而锋利的菜刀就走进了厨房，厨房的切菜声使我的肠胃走进了丰盛早餐的想象中。

多年后，磨刀石在父亲的打磨下弯成了月牙形。父亲蹲在磨刀石前磨刀的动作已经不及年轻时利索。

父亲手中的刀越来越亮，映衬着头上的皱纹和白发！

风车：

风车平时放置在廊檐下的角落里，落满灰尘。等到田野里荡漾着金色麦浪时，父亲搬动了它，木质的叶片有些松动，父亲用榫加固后,风车走进了晒场。

叶片转动起来,金色的浪潮翻涌着,麦粒在风车一侧逐渐汇集成一座小山。

当金色的小山掩映在夜色中,月光如水,村庄上空荡起了一串串的鼾声。

踏实而深沉。

犁铧:

注意到犁铧是在一个阳光投进老屋的上午, 它靠在老屋的墙根打着盹,铧犁闪着白色的光芒。

它蹲在那里企盼着,企盼着一块田地的收割快些接近尾声,就将和一头马或是牛一起,向着田野出发。

犁铧在田野里走动成父亲生动的情节。一层层泥土带着新鲜的气息涌向一边,犁铧在泥土中偶尔闪亮。泥土容纳了种子,父亲用一张耙虔诚地抚平泥土。

坐在放倒的铧犁上时,一个个烟圈飘摇而起。

与打工者有关

脚手架：

脚手架是异乡人获得微薄收入的舞台。

隔离网后面，忙碌的身影让城市的楼房不断长高。

一根细小的保险绳是他生命的最后防线。

工头的喝声常在工地爆响，不是为了异乡人的安全。异乡人的生命不值钱。

城市的楼房是件漂亮的外衣。凭着这件外衣，城市是异乡人的主人。

脚手架不断移动工地，打工的日子越来越长，城市的物价越来越贵，异乡人的收入越来越薄。

城市像一把刻刀，在异乡人的脸上刻下印章，印泥浸透着血泪和汗水。

铁锹：

铁锹闪烁着冰冷的光芒，晃得异乡人的眼睛生疼异常。

铁锹与建筑材料接触的尖叫声是异乡人忙碌的冲锋号。

铁锹越来越光亮，异乡人双手的血泡越来越硬，堆积成心中无法排解的愁绪。

铁锹把建筑材料送进一台旋转的机器，机器吐出的灰浆填堵着楼房的缝隙，缝隙越来越小，挡住了异乡人思亲的翅膀。

铁锹让异乡人的躯体逐渐弯曲，城市的楼房俯视着蚂蚁一样走动的异乡人。

十字镐：

举起的十字镐高过异乡人的头顶，一镐下去，坚硬的地面只
现一个小点。老板的吆喝声使地面开肠破肚，心疼得异乡人
泪眼汪汪。

城市敞开的沟壑，让异乡人想起尘土飞扬的家乡。

异乡人总是不明白是十字镐破坏了一个城市的秩序，还是自
己使这个城市的变得更加浮躁。

透过挖掘的管道，他看到完好的残羹剩菜正在流向一个不知
道的远方。

那是异乡人梦寐都在盼望的食物，现实与天堂竟然只有一步
之遥。

有时候异乡人想扔掉十字镐，可亲人的望眼欲穿却闪现着期望。

瓦刀：

瓦刀使异乡人的生存变得略微轻巧。

红色的砖块在瓦刀下乖顺齐整。城市的工地排着队等待瓦刀
的检阅。

三把铁锹伺候一把瓦刀，老板还说城市长高的速度太慢。

异乡人的虎口暴露在阳光下，开裂的口子张着一条条空洞的
裂痕。

异乡人滴落的汗水被瓦刀砌进墙体，滋养着城市愈来愈高的
欲望。

心在瓦刀断裂中流血。

异乡人的希望与痛苦同时爬上刀口。

电话：

电话是异乡人和远方亲人联系的方式之一。牵肠挂肚的乡音，总是让他(她)温暖不已。

电话线像一根长长的柔绳，一端连接着远方的亲人，一端连接着异乡人。

亲人的叮嘱像一剂抚慰心灵的良药，透过柔绳传递的温情使异乡人疲惫的身心倍感亲切。

异乡人是远方亲人生活改善的希望。

浸透了亲人的企盼和温暖，异乡人获得打工的动力源泉。

汇款单：

每到开学和过节的日子，不同乡音汇聚在邮局的汇款柜台。

张张汇款单载着游子的深情厚意，从城市飞向远方的家乡。

异乡人憔悴的脸上此时同样溢满节日的喜悦，以及孩子在上学路上兴高采烈的身影。

心酸和幸福，甜蜜和苦涩，一起化着小小的单据抵达生命所系的远方。

汇款单承载的内容寄托着异乡人所有的生命含意。

信件：

信件和其他通讯方式相比，物美价廉。力透纸背的万种柔情贴上邮票，让游子无尽的相思抵达故乡。

信件可以袒露许多不便于电话交流的的话题，而不必担心电话费的瞬息攀涨。

信件在路途的滞留,让思念发酵得更加柔和软绵。

带着绵长思念的纸页展放在亲人的案头,滴滴清泪打湿纸页。异乡人憔悴的面容浮现,心与心的相逢化作无言交流。

亲人的相思充满祝福。

包裹:

包裹是异乡人遥寄相思无法割舍之物。

节假日的包裹柜台前挤满异乡人,他们显得有些迫不及待。

包裹里装着土特产,还有换季御寒的衣物。这些物品承载得是远方游子无法表达的情意。

包裹让异乡人和亲人感受到了节日的祝福,以及季节变换的温暖!

第五辑:生活的变奏

春天的花事

春风如潮,叩击心灵之窗,心潮如鼓点雷动。

蠢蠢欲动的心扉,缀满春天的心事。

晨鸟呢喃,冬天孕育的生机在婉转的歌谣中渐渐苏醒。

阳台的三角梅,迎着东方的朝阳,还没来得及绽放绿叶的枝头,已经红花满枝。

窗外的花事正被春潮演绎得如火如荼。

错落有致的民居屋顶草色青青,和着远处悠长的祷告声,如阵阵风铃在风中欢快地摇曳。

庭院里梨花雪白,杏花粉红,空气中隐隐飘来果花的幽香。

"东风来了,春天的脚步近了。"原来,春天离我们只一夜之隔!

敲打心坎的风声,曾在昨天夜里让我久久不能入眠。

萦绕心头的是牵牛花那把向内心收缩的红伞,以及一场惊心动魄的暴雨。可是面对阳光明媚的早晨,我分明感到了一丝淡淡的幽香向我飘来,多雨的心灵得到了一点点欣慰的快意。

一群鸟儿正婉转啼鸣。燕子永远是那么热情,集体站在电线上闲言碎语。

榆月梅雪白的、粉红的花朵展示给人们的是耀眼的色彩,花香淡淡盈满了城市的大街小巷。

孩子们欢乐的笑声，随着扶摇直上的风筝飘向云端，蓝色的天空用一朵朵蘑菇般的白云作出了响亮的回应，它们用一种伞的语言和孩子们进行交谈。

郊外的田野，金黄的小花总是开在蒲公英瘦弱的风骨上。对大地的眷恋，使它认为只有贴近地面生长才能有得到泥土踏实的呵护。

田地间"突突"轰鸣的播种机以强大的动力，拖动长长的铧犁，把沉睡的土地犁开，又被一双双"大手"迅速缝合抚平。铧犁光亮如镜，在太阳下熠熠生辉。春天的希望就在这里被深深播种。金色的期翼从此将充盈农人牵肠的心田。有了这美好的期翼，秋天还会远吗？

一朵睡眼惺忪的无名小花，在阳光里做了一场梦，梦见它就是我，住在高楼里，一生写着一首诗。

年复一年，春天的花事，盛开的花儿演绎得有声有色！

鸦声寂寞

鸦声从树林深处响起。

清辉中,黑色的身影飞起落下。

夜色寂静,与鸦声一起摇曳的还有一片黄叶。

风吹双鬓,霜雪暗长。

夜色苍凉,谁能称度思念的重量?

形销影孤,乡关漫漫。

远天辽远,谁悯他乡之客?

夜色苍凉,一个人的灵魂承受着思念之重。

梦醒。一弯素月。

银河迢迢,鹊桥空空。

远山隐隐,雾岚缥缈。

一泓往事,在秋水之上。那是空中鸟的剪影;那是水中之月;

那是一怀默默相望的心思。

是谁在怀念一场远去的恋情?

鸦声敲醒一帘梦呓。

多次错过汛期的泪水,让一条青春的小河悄然而逝。

而不变的,是坚定而从容的步伐。

鸦声散尽,静谧。

晨曲

晨光摇曳，薄雾曼妙。

一串响亮的音符划破逐渐明亮的天空。

清亮的鸟鸣，唤醒宁静的树林，一阵清风吹过，一棵树爽朗的笑声像诗歌一样在大地上飞翔。

一条弯弯的小河，与一座村庄相依相偎。许多漂流的记忆，随河水泛起金光，向着远方奔跑。

饮马滩头，眯着眼沉思的一匹马，向着红日升起的地方，深情凝眸。伸入水中的脚踝，把季节的跫音渗透。心中的期翼和梦想，软化成一汪晶莹的湖水。

驼铃春光，醉走在乡间。几点诗情画意的枝条扑闪着绿色的眼睛，笑醒在一片逐渐返青的庄稼身边。

林荫道上阳光斑斑点点。燕子衔来的一粒粒春的音符，鸣唱在树丛叶间。

"一年之计在于春"，农人播撒的希望从这里出发，深入到田间地头。走动的农具，闪着金属的光芒，浑厚的牛哞，点燃春天的激情。

乡村的早晨，农人背负使命扬鞭奋蹄。手握农具的乡人挥舞胳膊，一场春的色彩穿越阡陌，传遍大地的每一个角落！

黄昏

夕阳向着山尖缓缓地滑落,晚霞染红了天空。

雾色朦胧,一座座山峰,轮廓古典地展示着神韵。

天空碧蓝深邃,朵朵云彩扯起衣衫飘逸成相思,刚直透明的执著,穿越心海。

淡青色炊烟舞姿迷人,越升越高的花朵,把天空与大地之间缩短成一片云的距离。

静寂苍茫的原野上,走来一群白色的羊,清脆的鞭声中,我的梦驾鹤而来。

一幅长河落日的意境,化为点点红色的诗行,行走在我阡陌纵横的诗园。在心与灵魂交融的时刻,那个写"小桥流水人家"的马致远正与我进行倾心长谈,诗人为黄昏留下了美丽的诗行。

黄昏的歌声里,一枚黄叶像一只风铃摇曳在我走散多年的田庄。去年冬天那处并没完全愈合的伤口,在心头烙成一枚带血的印痕,哪里能找到我抚平创伤的良方?

一群乌鸦在黄昏的天空中编织着梦想,激越的鸣唱为我舔干满眼的惆怅,绵延不绝的思绪送进泥土,一串相思在脚下发芽……

夕阳下,一缕风的羽毛,在命运的枝头长出翅膀。多情的目光洞穿一轮又一轮浩淼无边的心湖,走进远方的故乡。

尘埃落定,游子正返乡。梦睡去,黑夜是我停泊的村庄。

万籁无声的夜晚,我看到命运的阳光照亮了前方……

城市变奏

在十八岁那一年的秋季,我的命运和这座城市连在了一起。
那飘香的苹果,那高高挺立的白杨树,那鲜花吐艳的街道,那
绕城而流的清清渠水,那令人着迷的蓝天白云……从此,我
为生活在这座美丽的城市而自豪。

在这座城市,我为她喜而喜,为她忧而忧,她的每一个鼓点都
融入了我的一个音符,她前进的每一步都有我紧跟的步伐。

就在那个东风强劲的春天,冰河解冻,万物焕发新的生机。

城市的楼房如雨后春笋不断长高,她的眼睛变得越来越美丽
明亮。

星级宾馆装潢典雅,南来北往的客人流连忘返。

歌舞厅设备现代。狂歌劲舞,流行音乐把城市变成了不眠的
夜城。

在这里,浓重的现代气息深入到了大街小巷。

这座城市淳朴厚道,热情好客。多少年过去了,他们依然坚守
着一片没被污染的净土。

然而不得不说的是,这里的交通有些像草原上的牛羊,处处
有路,散漫无序。

出租车走大街,也强占人行道。

盲道为盲人所设,可盲人却找不到方向。

街上装有隔离栏,行人却任意攀越。

城市的节奏在不断加快,公交车的速度却时快时慢,随意拉
客,却按站停车。

街上的阅报栏传递着国内外最新信息,玻璃却常常粉身碎
骨,报纸不知去向。

城市广告业迅猛发展,图画精美却千疮百孔;磁卡电话厅造
型美观,却长满牛皮癣;街巷的座椅体现了人文关怀,却常卧

醉酒之人。

城市的公德和城市的发展不平衡就像一枚苦果,青涩,难咽。

然而,正是这些矛盾体,推动了城市的发展进步,就像现实和现代同样让人高兴和忧郁,城市变得丰富多彩。

平常的日子

这是一个平常的日子。

花开的声音闯入耳鼓,就像万千野马踏过原野。

空气纯净,雪的清香弥漫开来。

一群麻雀在雪地上滚来荡去,挥洒着童年的天真。

闯入城市的驴鸣,生动了一座城市早晨。

城市舒展的手掌上,一些事物开始加速、奔跑。

楼房的阳台后面,热气腾腾的牛奶,飘溢出草的芳香。

行人匆匆,昨夜的梦境丢在脑后。

十字路口闪烁着红绿灯,日复一日。

快速流动的汽车,来不及收藏不断洒落车后的语言。

驴鸣消失。大地传来的振动绵延不绝。

与一双眼睛对峙。心事拥挤在回家的路上。

时光让我的思绪走在那个遥远的山谷,走向那个古老的村庄。

我看见一个男人,从一个起点正在走向终点。

步履蹒跚,脚踏实地。一辈子都缺少非分之想。

交通闭塞的穷乡僻壤,寂寞难耐的大山丛林。

那个男人的白天和夜晚,只在炊烟中拉长落日与宁静。

山的爱冷静而又柔情似水,磨砺了他的锋刃。

涓涓的溪水流淌不息,他的日子在等待中支离破碎。

我不明白,一条山谷,究竟能够盛下多少个梦?

我不明白,一个人的一生,乡情究竟有多深?思念到底有多长?

一堆隆起的稻草,一头年事已高的老牛,还有父亲,他们靠着彼此的体温取暖。

那间稻草覆盖的土屋,是安置生命之根和停歇忙碌的栖所。

一个 20 世纪 60 年代末出生的生命和大山结下的不解之缘,却未能拽住飘飘欲飞的衣袂。

青山依旧,长河落日,烟岚不绝。

我看见,一件破旧的蓝色布衣,挂满缕缕光芒。

在走过的光阴里,那些生命的歌声正在天边奏响。

山脚下的小街,一方豆腐摊,定格成生命中永远的风景。
大姑父的语言如洪钟,始终行走在心灵的深处,叩响前路茫茫的大门。
人来人往,人非物是。
生命老去,风过无痕。
用时间堆积的思念愈来愈重。
在这个黄昏,雪崩的声音压垮了一个衰老的生命。大姑最后的喘息从冥冥中传来。
时光凝固。一颗心掉入深渊。
干涸的眼里无泪可流。记忆的童年次第打开。
每年的大年初二,那些花花绿绿的散发着体温的压岁钱还在眼前摇曳。
慈母般的笑容。话语温暖如春。
她教会一颗幼小的心灵抵御贫穷和磨难。
我记得十三年后的重逢,大姑两鬓苍苍,青丝不再。
我记得父亲的那句"七兄妹只剩下了三个。"
在这个苍凉的黄昏,多少岁月化作一地清冷的月光。
多少沧桑凝聚成一缕清烟直上云霄。

这一夜,我在梦中看见了故乡的影子。
映山红开遍山崖,一个叫李白的诗人,拉长了"床前明月光"的意境,母亲河的诗意在心田尽情流淌。
喊山的号子走走停停,召唤着一颗即将回归的灵魂。
山峰停止喘息,纯净的灵魂被轻轻飘来的诗韵埋葬。
紧闭双眼,今夜注定难以入眠。
那些一闪而逝的光阴来到床前,串成一串珍珠。
在这春天即将到来的季节里,所有的心事巧舌如簧,尽情倾吐快乐和忧伤。
静谧的夜。一扇窗打开。
我听见花开的声音传来,遥远的思念,轻轻的,细细的,却带着忧郁……

城市秋阳

秋阳温暖着这个下午。
泛着黄意的草坪,散发着秋天的宁静和惬意。
一只鸟飞落枝头。黄叶唱着秋的颂歌。
广场空旷着。

天空裸露着,没有云的游弋,没有雨的湿润。
城市的天空很高,很远,又很低、很近。
与时间对峙,望眼欲穿。
渐渐的,自己的影子在草坪上拉长。
花儿凋谢,群峰无踪。
在最近的地方,思想拉开距离。

夏天远去,那些鲜艳的雕塑面无表情。
无数水泥钢筋浇铸的楼房站成森林。
目光左冲右突,寻找着目光以外的风景。
一只秋虫穿行在草叶间,寻找着自己的归属。
一个人躺在草坪上,烂醉如泥。
一顶帽子遮住了脸面,呓语不休。
也许,他在用酒浇灌着自己的爱情。
也许,他的爱情就在酒杯中死亡。
也许,呓语才是他最佳的表达方式。
一阵风吹来,秋声在空气中弥漫开来。

一处新栽的森林,冷冰冰。
一座塔吊转动着长长的手臂,一些油毡吊到屋顶,闪烁着黑色的
光芒。
金字塔形状的屋顶,走动着一个人,一盏喷灯。
油毡接受喷灯的炙烤,衾被软软地盖住屋顶。
宽广的马路上,一些东西被车带到了城市,一些东西又被车带走了。
那辆公交车停下来,有人上车,有人下车。

站台上人去人来,广告的色彩永远定格成一种凝固的笑容。
有切割机的声音此起彼伏,切割着城市的神经,也切割着人的
心灵。

秋阳洒满草坪。
闲暇地翻看一本诗集,思绪却在书之外漫游。
一只手掐着草叶,一片,一片,又一片。
而含在嘴里的那片草叶,淡淡地散发着青春夭折的忧伤。
哦,这些生长在城市的草,总是无法等到一场秋风的到来。剪草
机会在夏天的某几个早晨,剪去他们的青春。
而留下的青春的灵魂,在这个秋天触到了我的命运之弦,我的
命运和小草的青春弹奏着生命的变奏曲。

那群孩子走来了。
在广场上,排着队,喊着口号。
他们没有嬉闹的笑声,没有欢乐的歌声。
稚嫩的声音在老师的调教下中规中矩。
我听见一种熟悉而威严的怒声,以及一种饱含热泪的目光。
那些纯真的个性呢? 那些本真的欢乐呢?
是谁在制造着心灵的囚笼? 是谁在编制着语言的网络?

这座城市总是在吞咽着好的或者不好的食物。
变换着色彩的麻将牌,只需一枚骰子,就规范了四个人的行为。
袋中花花绿绿的钞票,丈量着一个人的胆气。
前人发明了麻将,后人当成一种工具,在刀尖上舔食生活。
幻想如痴如醉,在俗声的碰撞中大喜或大悲。
事物轮转的过程,纠集了城市巨大的俗物场。

秋阳向西而行。
一位姑娘。一位上了年纪的母亲,是这个下午最美的风景。
那只落在稿纸上的昆虫,一粒一粒,吻遍了我写下的文字。
就这样,时光在宁静中走向季节的深处。
天色黯淡下去,霓虹灯点亮了这座城市的眼睛……

风吹边城

这是午后。

室外的天空惨淡昏黄，狂风夹着沙尘的尖叫声切割着我所居住的边城。

风筝在空中翻转，呜咽。阳光的眼神无奈而忧郁。

受惊的鸟儿在楼层间穿行，哪里有他们躲避风雨的家园？

塑料袋在风中招摇过市，一种揪心的疼痛像锯子在我心尖来回拉动。

这座城市曾经浓荫蔽日，庭院瓜果飘香，街渠流水潺潺，如今这些街头景物逐渐走进了记忆，走进了书页。

长高的楼房不断蚕食着林木果树的生存空间，缺水使许多树木枯萎死亡。

而小巷深处幸存的白杨高举芽苞，它们在风中倾斜，站直，再倾斜，再站直。这种为自己减压的方式让人心生感动。

一曲《高山流水》敲击着心坎，我惊异于天地间的变幻莫测，天籁之音和室外的风沙同样来自大自然，可他们的个性却有着天壤之别。

站在西面的阳台，我的目光逆风远眺，我看见去世多年的祖父此时正端坐村口，身前村后麦苗青青；我看见祖母正手搭凉棚望着我远行的背影，身子在风中微微颤抖；我看见父亲正在山道上跋涉，颤悠悠的扁担挑起一路的风景；我看见被岁月吹老的小伙伴，以及屋后那眼幽深静谧的老井……

夕阳西下，风扯着嗓子在楼房间穿行，所到之处飞尘走沙，啸声不绝。

一根高压电线抽打着一棵失去水分的杨树，火光在夜空耀眼夺目。

一只夜鸟泊在不远的树杈上，两眼浑浊，默默无语。

月光清冷。一个人站在自己的影子里，聆听李白思乡的酒歌。

有哪一方净土能收留岁月的浮华？有哪一泓清泉能洗涤我逐

渐麻木的神经?

今夜,我目睹了一棵树的葬礼。

夜深了。风撕扯着我的梦。

半梦半醒中,我看见一粒萤火闯进房间,这个夜的精灵呵!嘴里复述着奶奶讲的故事,故事老了却依然动情如初。

多少个静寂的夜晚,城市以外的蛙声如潮,微风吹送的稻香被一把竹扇扇进梦里,温暖着一个人的梦境。

多少个滋生幻想的黄昏,小妹把沾有泥土的柴禾送进土灶里点着,袅袅升起的炊烟就有了故乡的味道。

多少个阳光明丽的日子,青梅竹马的我们唱着大山的童谣。一个美丽的姑娘与我走进学堂,童年从此就充满了歌声和笑声,这样宁静的日子犹如池塘开放的荷花……

院里的竹椅上躺着父亲,均匀的鼾息中竹椅发出咯吱咯吱的叹息。

历经岁月,我才发现日子原来是在叹息中被风吹皱。而思想却超越了时光,

超越了愁苦与诅咒。

大风肆虐的今夜,这些积重难返的乡情直抵我的灵魂。

在通往明天的路上,我把这些涌动的文字托付给风和月,像归巢的燕子找到自己的家……

秋日意绪

秋阳温暖,秋风飒飒。

秋意摇曳着一首寂寥的歌谣。

叶片飞离枝头,带着成熟的金黄。

一匹马走在旷野深处,驼铃声声。

秋山明净,秋水澄澈。

父亲走在田埂上,苍老的脚步节奏鲜明,舒展的笑容荡漾着五谷的醇香。

田间的银镰,收割着季节的光芒。

身后裸露的禾茬,拙朴而庄严。

一群麻雀扑打着翅膀,

哦,这些流动的花朵,是开在天地间的吉祥!

秋夜深深,烟云淡淡。

秋水轻摇,广袤的原野上长出诗的精灵。

月光皎洁,寂寞无眠。

音乐曼妙,一个人站在季节深处,伸出双手,触摸着过去,触摸着那些令人窒息的痛楚。

微笑与伤悲,泪水与叹息,在风雨的炼狱中化作生命的涅□。

寂静的旷野上,蟋蟀的鸣唱锯着一根脆弱的心弦。

秋风翻动着旧日的书简,儿时的梦渐行渐远,儿时的记忆越来越淡。

蓦然回首,思绪凝结成一抹迷人的色彩。

云霞飞舞,相思未了。

记得春潮的萌动,记得夏的火热,记得秋天的肃杀,记得那动人的容颜。

而丰满叶片上写下的真实,却在秋风中走进了我的诗歌。

纸上跳跃的隔世过往,将是我光阴珍藏的诗行!

凉意簌簌,枫叶红透。

一叶残梦,清秋无言。

即使千山万水,也终是清音一缕。

即使怀念切切,也终是情无归期。

雁声南归,"人"字成行。

我看见,最后一只燕子飞过天空。

蓝天空旷,白云悠悠。

一双鞋踏出一片沙沙声。

秋风在残阳中发出最后的欢叫。

那些被秋风敲醒的疼痛,在黎明的霜冻中悄然而逝……

冰凉的风景

旷野站着一棵树。

一些被季风抽干了水分的叶片，象串串风铃摇响季节的韵律。

在我抬头观看的瞬间，一些故事开始呢喃，并注入冰凉的寓意。

余温尚存的鸟巢空落着，四只雏鸟早已远走高飞。

那些叽叽喳喳说长道短的雀鸟呢？那些低吟浅唱的蜓蝶呢？

那对在火热恋歌中依树私语的情侣呢？

树下，一座空落落的驿站，正耐心等待着一个漂泊者的怀旧。

一树枝条唱着一首冰凉的歌。

歌声里，沉重和苍凉的情感穿透我狭窄的胸腔汹涌而来。

阳光下，树是鸟巢的依靠。鸟巢是树冬天的花朵。

风吹过，冰凉蔓延。

一枝枯萎的藤萝残留着夏日的风韵，淡青在叶脉间做着一叶梦的色彩。

我看见那只绿色的蜻蜓扇动翅膀，在叶片背面定格成一枚坚硬的果实。

一个人坐在旁边。这是乡村的女子，迷雾中看不清她脸上的泪痕，和额角披散的稀疏的白发。

雾色里，那只黑色的乌鸦站在雾霭深处，等待着阳光的温暖。

多年以来那个关于乌鸦的讹传被一个寓言平反。

响起，一缕升起的炊烟将纯真的童音拉得很长，很长。

乳白色的雾凇冰凉着一地的落英。

雾霭散漫地走在一条回乡的路上，

那匹老马咀嚼着旧事，他能找到那条通向灵魂尽头的路吗？

枯萎的草尖上，结晶的微粒摇曳着惺忪的睡眼。

雾凇让冬天的色彩谜一般地在季节深处涂抹，放大。

我学着那匹马的样子，用手揉着有些迷茫的眼睛，眼神开始变得深邃。

鸟从林间飞过,影子揉进了白色之中!

一只灰兔在雪地里奔跑,深深浅浅的脚印开出花朵,亮丽着冬天的雪原。

沿着脚印的方向,一盏心灵的灯被点亮,音乐轻柔曼妙,隐隐约约响起一首生命的哀歌。

去年冬天,我的年轻的已为人母的表妹红红,生命香消玉陨。

仿若一只蝶驮着一点萤光,匆匆消失在尘世,从此,在我打开的记忆里,她是一枚我不愿意重新凝视的书签。

凄风冷雪中,是谁的泪水在辗转飘零? 是谁让流浪的心充满牵挂?

一缕清烟,越来越淡,越来越淡……

城市雪景

一场雪下在寒冬的午夜。洋洋洒洒,悄无声息。

如蝶似梦,飘飞着,飘飞着。

尘埃散尽。大地洁白。

冥冥中,莫扎特的《安魂曲》正在天地间回旋。摇醒了庄周,摇落一地寒霜。

黎明从白的婚床上苏醒,城市空旷寂寥。

一些人行走在雪地上。形形色色的面具叠加,挡住了视线。

踏雪声从时空深处溢出,又滑向另一些不可预知的时空。

铲雪声穿街走巷,穿越宁静。

一位女子脸上的红晕深处,荡漾着两枚盛开的酒窝。

一辆车从远处开过来,碾碎了堆积的白雪,碾碎了尚在喘息的梦。

那辆车在雪堆前打滑。

车尾的气体升上天空,逐渐飘成低空的一枚云朵。

雪堆被一点一点搬运,最后抵达的地方,一些梦想化成水。

此时,太阳在东边熠熠发光,温暖在大地弥漫!

城市车水马龙,雪来匆匆,雪去匆匆。

留下一些残缺的脚印。在阳光下,闪烁着鱼鳞的光芒。

而自西而来的一阵风,卷走了一声轻轻的叹息。

鸽哨悠悠,清晨的天空碧蓝如洗。

白雪茫茫,洁净蔽野。

阵风吹过,凉意飕飕。

朝阳划破晨翳,一缕残梦在天地间摇曳。

那只年事已高的狗用叫声铺路,一些灵魂踏着叫声去了遥远的远方。

一剪寒梅,傲立风中。流动的血液凝聚成花蕾,挂在每一根枝脉。

一群乌鸦在天空盘旋,茫茫雪野,哪里能让他们停下漂泊的脚步?

一只野兔跑过,脚印深深浅浅。
两个人走在雪地上,手挽着手。
踏雪声变奏成和谐之曲。
马路上,一辆白色的轿车拖着一缕透明的烟,
发动机的声音滑入时空深处。
一抹流动着的橘黄色,鲜艳、夺目。
积雪在路基下,和养路工一起走过冬天。
河畔嬉戏的孩子们,七手八脚。
融入凡高的意象,雪人毕现童趣和天真。
雪团飞舞,笑声盈天。
哦,一幅多么生动的图画!
此时,我的文字向着太阳升起的地方,低头叩首:为那些给生
活增添乐趣的人们,为那些降临人间的雪花!

笑声来自那片晶莹的冰面。
噼啪的鞭声在阳光下荡来荡去。
冰面上几只旋转的陀螺碰撞,分开,再碰撞,分开。
童年的舞蹈在冰面上旋转,一个接着一个的梦,五光十色。
当梦从远的脚步声中归来,冰凉的花瓣满天飞舞。
一片雪花,在一次泅渡中完成了一次生命尝试。
一个词语的重量,和陀螺碰在一起。
雪后的阳光清澈透明,晶亮的童话迸射出火一样的热情。
笑声弥漫,天地间最纯真的音符飘荡而起。

第六辑:边走边想

走过星星峡

翻过山梁走进星星峡时,落日融金,雪光闪耀。

凛冽的寒风在耳边呼呼而过。

此时的星星峡霓虹灯闪烁,两排整齐的街灯璀璨夺目。

清冷的夜空明月高照,繁星一闪一闪。

远山的石英石眨着眼睛,透过夜色,我看见天山的目光冷峻而深情。

在这样的夜晚,我放飞的思绪和凛冽的风交流碰撞,许多故事开始复活。

一道黑色的油路伸向远方。我看见打开的记忆里有金戈铁马、车辇声声、长河落日、西风昏鸦。

透过刀光剑影,我看见一支英雄的红军部队在这里集结,将革命的火种播撒西域大地……

一缕夜行的鸟鸣划破夜的冷寂,亮丽着一个人黯淡的魂灵。

谁说这里险峻难越?谁说这里荒凉沉寂?

风云无数,几度沉浮、崛起。星星峡苦尽甘来。

漫步峡谷,车流穿梭,客店云集,服务设施一应俱全。拿着手机的行人信步往来,那玻璃窗户后面的电视色彩艳丽,物象丰满。那不时传来的欢声笑语点亮了这个千年古道。

生命的绿色焕发勃勃生机。

而山梁上的那些土碉堡站在那里,见证着一段历史,和逐渐远去的记忆。

车过宁夏

当西行的车轮叩响宁夏的大门，一轮红日升起在东方。影子时长时短，在朝阳下起伏摇荡。

苍凉和现实的册页在这里同时翻开。

褚褐色的旷野上，那些矮小的植物和我擦肩而过。

土地的颜色是高原人的一张脸，他们在这张脸上勾画着理想中的图画，图画里的高楼大厦童话般长大。

站在路边等车的老乡用淳朴和热情接待我们，为我们指点路途的迷津。

远处的半坡上有孩童走动，清晨的歌声古老而淳朴，散发着泥土的清香。

被雨水冲刷的沟壑是高原人额角的皱纹，洞穿原始的岁月。

一条流干泪水的河流泛着白碱。据说很久以前，黄河之水从这里流过。

时而有清真大寺一闪而过，屋顶的月牙朝向西方，亲人的企盼和思亲的故事变得悠长悠长。

若干年前，一批黄河儿女远涉重洋去到异地他乡，不能归航，许多凄美的故事滋长成一种精神向往，相思的泪水从此挂满宁夏的山梁。

在虔诚中长大的民族，是高原人精神的图腾，靠着精神的滋养，梦也变得色彩飞扬。

道路两旁吸收了高原人血泪和汗水的青杨，站成田间遮风挡雨的脊梁。一代高原人走了，树就长大了，有人靠着大树乘凉，恍惚中眼前晃动的总是自己的亲爹亲娘。

整整一个上午，那些无法言说的温暖，留下一些文字，那是高原人的褒奖。

印象中原

车辆进中原,心情在经历着激烈的碰撞。

那些曾经的谣传和许多现实困扰着我的灵魂。它让我的心情犹如十五个吊桶打水。

郑州是我心中向往的地方,它的印象在我心中是那么美好,也有敬畏。

310国道穿越郑州中心,我们的车辆迷失在这座曾经向往的城市,犹如十三滴浪花落入大海。

红绿灯切割得人的心灵,蛛网遍布的街道上留下左奔右突的印辙。

好心的郑州人尽显中原人的热情,为我们指点迷津。

一辆面包车带我们穿越城市的街道,连霍高速就在不远的前方。

我们出城时,却不肯收取半文。

"你们能够安全出城,是对我们的最好奖赏。"

同样的事情当晚还发生在二百公里外的牡丹故乡洛阳城。

热情的中原出租车司机,不忍我们在路口等车的辛苦,就顺便搭载了我们。

车临郊区,我们心中升起一种不祥,那些道听途说再次浮上心头,毅然下车。

回城的路上,他停车相邀。为我们寻找下榻住所。三番五次,不厌其烦。

离去的早晨,这位司机送我们到达目的地。

吃完那一顿丰盛的早餐,我发现一直阴霾的天空,阳光温暖,心境明媚!

邂逅大海

一个阳光温暖的下午,大海逐渐清晰起来。

远处的天空雾气蒙蒙,大海开始预演我初次的神秘。

"看不到天边的那个地方就是大海。"朋友说。

我的心开始紧缩,有一种痛并甜蜜的感觉。

梦呓徐徐展开,一望无涯的水域浊浪澎湃,风起云涌。

这就是大海吗?

这就是我曾经用雨水洗身,梦想将蔚蓝和大海对接,只为走近你的无边之海吗?

想象中的蔚蓝呢,那让我魂牵梦绕的蓝呢?

怀着忐忑,我步行登船。慌乱的心情被汹涌的浪花捆绑。

广阔的水域,一艘艘船舶被浪托举着跌下来,听不见机声的轰鸣,我的想象无法触到它的力度和深度。

一只只海鸥展开翅膀在浪峰起伏,波涛里回荡着坚强的拼搏。

此时,带着咸味的海风伴着一缕阳光,轻轻拍打着船舷。

此时此刻,我在一场幻觉中融化,呓语着一个名字。仿佛一缕音符缓缓地和着生命的琴弦。

头顶的桅杆上摇曳着一首船歌,隐隐的号子声里让人想起北国冰冻的一个高山湖泊,此时的海子正是冰封镜平,蔚蓝的天空旮旯得不见一片白云。白雪覆盖着广阔的湖面,湖岸四周高山环绕,所有生命的绿色都被洁白覆盖。那白色的天鹅也去了远方。

眼前的大海桀骜不羁,生命的动荡强烈兴奋。

静静地站在船舷,心绪飞扬,任凭浪花飞溅,湿透衣衫。

后 记

这是我向新疆、向伊犁、向生活致敬的散文诗。

请原谅我的某种乡土主义和自恋，我以为我们每个人的一生都至少要抵达一个地方，是那种一辈子都让人难以割舍的地方。所幸的是，我有了这样两个让我难以割舍的地方——本初的故乡，另一个就是我现在生存的新疆。面对我们肉体已经无法返回的本初故乡，我们更需要抵达的是一个生存和精神的"双重"故乡。伊犁作为新疆的一个地域，作为我生存的第二故乡，这里灿烂而又深邃的光芒时刻都照耀着我，这里饱满的蓝天、清新的空气、巍峨的天山，纯净的雪，清澈的水，充盈的花香和果香，已经深入我的血脉，伊犁的气息其实就是我们自己的气息。因此，我时刻都想找到一种表达的方式，来描绘新疆拥有这样一个美丽的地域——伊犁。欣喜的是，当我在编辑这本散文诗集的初稿时，我发现，我的表达新疆伊犁的篇章超过了本书的三分之二，于是，我把它们以"词的伊犁"作为第一部分，以此来表达对于新疆、对于伊犁的感恩。

为这本书的命名费煞心思，我将"生命的散歌"、"盈盈馨香绿河谷"等几个书名放到QQ群和空间征求文友的意见，他们的意见中肯而富有采纳的可能，但仍然难以让我下定决心。而汉武帝《天马歌》中的"西极"一词，这个词非常富有内涵和诗意，它既代表着新疆大地一个广袤的地域，又能象征一个地域的精神和人文价值。这个地域不动声色地容纳了中国、印度、以及欧美等文化和生活元素，这也正是我们穷其一生也只能窥其皮毛的神秘所在。作为新疆广袤地域重要组成部分的伊犁，是欧亚大陆的一个桥头堡或者说前沿，她的丰富和多彩无疑为我们提供了诸多表达的可能，这是我们生存和生活的福祉之地，于是不再犹豫，将本书定名为《西极》。

当一个地域或者事物成为了一个词，就蕴含了这个地域或事物的本性，它就像汇聚了所有构件要素的一个完整的人体，处处呈现出和谐，处处透着一种诗性的表达。本书共分六辑，除了少数篇目以外，应该说都和新疆、伊犁有或多或少的关系，这个地域的山、河、城、村、人……具有着新疆词条性质的事物勾勒出了一个基本的伊犁自然和人文图谱。通过它们，我试图还原一个地域的形象、气息和声音，从而实现我精神与现实的双重栖居之地的表达。因此，本书完全以散文诗的方式来完成我对新疆一个地域的表达，是对我第一本散文集《和大地一起跳动的鼓声》的一种补充。

当然，《西极》的结集出版离不开伊犁文友和同事的鞭策和鼓励，特别是伊犁晚报的总编辑王亚楠先生，作为我敬重的良师和兄长之一，仍记得他在为我第一本书集作序时对我的期待和一如既往的支持。还有我现在工作的伊宁边境经济合作区管委会，成立十八年以来第一次为普通干部设立"优秀创作奖"，在此对关心我的领导和同事表示感谢。由于种种原因，在这本散文诗集成书的过程中，我感到了一种困难和生命的不可逆转，几有放弃之心，是妻子给了我信心和帮助，人生得有这样一位善解人意之伴侣，三生有幸。

此书以这样一种面貌呈现，其意义和作用本人不敢有非分之想，但这无疑是一种自觉的写作，多少个休闲假日，多少个深夜，我都在寂寞中阅读、冥想和书写中度过。这是我对汗水和寂寞的结晶，如果有一天人们能够读到它并不觉得太失望，就是对我莫大的支持，这是我在文学之路上继续走下去的力量和源泉。